NOITE NA TAVERNA

Livros do autor na Coleção **L&PM** POCKET:

Lira dos vinte anos
Macário
Noite na taverna

Álvares de Azevedo

NOITE NA TAVERNA

www.lpm.com.br

L&PM POCKET

Coleção **L&PM** POCKET, vol. 99

Texto de acordo com a nova ortografia.

Primeira edição na Coleção **L&PM** POCKET: 1998
Esta reimpressão: janeiro de 2024

Capa: Ivan Pinheiro Machado sobre detalhe da tela de Toulouse-Lautrec *No Moulin Rouge*
Revisão: Flávio Dotti Cesa, Delza Menin e Joseane Rücker

A994n

Azevedo, Manuel Antônio Álvares de, 1831-1852.
Noite na Taverna / Manuel Antônio Álvares de Azevedo. – Porto Alegre: L&PM, 2024.
96 p. ; 18 cm – (Coleção L&PM POCKET; v. 99)

ISBN 978-85-254-0864-8

1. Ficção brasileira-Contos. 2. Álvares de Azevedo, Manuel Antônio, 1831-1852. I. Título. II. Série.

CDD 869.931
CDU 869.0(81)-34

Catalogação elaborada por Izabel A. Merlo, CRB 10/329.

Rua Comendador Coruja, 314, loja 9 – Floresta – 90.220-180
Porto Alegre – RS – Brasil / Fone: 51.3225.5777

Pedidos & Depto. comercial: vendas@lpm.com.br
Fale conosco: info@lpm.com.br
www.lpm.com.br

Impresso no Brasil
Verão de 2024

Sumário

ÁLVARES DE AZEVEDO: UM ROMÂNTICO SINGULAR

> *"Foi poeta – sonhou – e amou na vida."*
>
> ÁLVARES DE AZEVEDO

No terceiro conto de *Noite na taverna*, "Bertram" – por sinal, o mesmo nome de uma das trágicas figuras byronianas – um dos personagens, ao ser inquirido a respeito de sua identidade, responde ser difícil dizer quem realmente era, visto que correra "muito mundo, a cada instante mudando de nome e de vida... (...) Quem sou eu? Fui poeta aos vinte anos, um libertino aos trinta – sou um vagabundo sem pátria e sem crença aos quarenta."

Assim, à voz da ficção, o maior ultrarromântico brasileiro desenha-se aos nossos olhos. É certo que Álvares de Azevedo não correu mundo: entre Rio e São Paulo passa sua breve vida. É certo, também, que não chega a atingir a maturidade. Mas sua curta existência, a consequente inexperiência ditada pela juventude e a complexidade paradoxal de sua obra obrigam-no a fingir um conhecimento que não tem. Transfere, dessa maneira, para seus personagens o desejo de uma vida aventureira e gótica, própria do Romantismo do século XIX. A pouca idade e a imaginação fértil impedem-no, portanto, de definir-se. Sabe-se apenas um poeta.

Manuel Antônio Álvares de Azevedo nasce a 12 de setembro de 1831, em São Paulo, capital. Desde seu primeiro instante de vida, vê-se ligado à Literatura: veio ao mundo na biblioteca de seu avô materno. Mudando-se a família para o Rio de Janeiro, inicia seus estudos nessa cidade. O diretor do Colégio Stoll, onde esteve entre os nove e treze anos, não se cansa de elogiar o menino que, aos dez anos, já falando francês, inglês e latim, poderia vir a tornar-se "um brasileiro capaz de comparar-se às primeiras capacidades europeias". Após concluir seus estudos no colégio Pedro II, o autor retorna a São Paulo, a fim de cursar a faculdade de Direito.

Na capital paulista, vem a ficar amigo de nomes importantes da literatura romântica brasileira: José de Alencar e Bernardo Guimarães. Leitor assíduo de Dante, Camões, Goethe, Rousseau e sob a influência de expoentes do Romantismo europeu – Byron, Hoffmann e Shelley – Álvares de Azevedo dá início a uma produção que se insere nas melhores páginas da literatura brasileira. Jovem de classe média, ocioso, entediado com a mesmice circundante, vive orgias por meio dos livros, de uma não comprovada participação na Sociedade Epicureia (cujo objetivo era a busca do prazer sobre todas as coisas, promovido através de festins devassos e demoníacos) e de uma imaginação quase doentia e desregrada. Incorpora, pois, o espírito do chamado "mal do século" – a angústia existencial do século XIX – escrevendo textos perpassados de ceticismo, pessimismo, morbidez, sentimento e pressentimento da morte. Tal postura, contudo, não o impede de trazer às nossas letras obras plenas de senso de humor, até então desconhecido por nós.

A segunda geração da prosa romântica brasileira é marcada pela falência dos ideais nacionalistas dos primeiros românticos. Depressivos e influenciados por Byron e Musset, os ultrarromânticos são dominados pelo "spleen": tédio e melancolia que não permitem outra solução para a dor do viver a não ser o retorno à infância ou à morte. A obra de Álvares de Azevedo, além dessas características, traz o signo de "eu" e de um erotismo disseminado e obsessivo, sobretudo em *Lira dos vinte anos*, que reúne o melhor de sua poesia.

Transbordando das páginas de seus livros, coincidência ou busca deliberada, a Morte – que já se havia apresentado ao autor ao levar seu irmão e alguns colegas de faculdade – chega-lhe aos vinte anos. Tuberculoso, após concluir o quarto ano de faculdade em São Paulo, permanece no Rio de Janeiro, de onde pretendia partir para Olinda, a fim de encontrar melhores ares. Não concretiza seus planos, pois cai de um cavalo, o que propicia o surgimento de um tumor na fossa ilíaca. Sofrendo dores terríveis, é operado com os poucos recursos da época e, após quarenta e seis dias de aflição, em 25 de abril, falece nos braços de seu pai, dizendo-lhe "Que fatalidade, meu pai!". No entanto, tal fatalidade faz surgir para o grande público esse grande escritor.

Noite na taverna compõe-se de sete contos. No de introdução – "Uma noite no século" – são apresentados os principais personagens: Solfieri, Bertram, Gennaro, Claudius Hermann e Johann. Nos cinco contos seguintes, cujos títulos são os nomes dos protagonistas da obra, em meio à embriaguez provocada pelo vinho e à fumaça de cachimbos, cada um deles narra uma história maldita que beira o surrealismo. Os "contos fantásticos", assim chamados pelo próprio Álvares de Azevedo, são povoados por fantasmas e aventureiros, mulheres e demônios, amor e morte. Situações de incesto, necrofilia, antropofagia, violência e morte ocorrem nas noites de uma cidade qualquer, o que exclui do livro, aparentemente, a paisagem, a sociedade e os costumes brasileiros. No conto de encerramento – "O último beijo de amor" – sintetiza-se toda a carga dramática das imagens desse roteiro fantástico que evidencia a genialidade do jovem autor.

Deve-se, ainda, destacar, em Álvares de Azevedo, *O poema do Frade* e *Conde Lopo,* poemas narrativos, cujo tema é o satanismo, e *Macário*, drama que apresenta um diálogo entre Satã e o protagonista. Sem dúvida, obra consistente para a tão curta vida desse que é denominado o "Byron brasileiro".

Maria Tereza Faria

How now, Horatio? You tremble, and look pale:
Is not this something more than fantasy?
*What think you on't?**

Hamlet, Ato I.

* E então Horácio? Você treme, está pálido. / Não é um pouco mais que fantasia? / Que é que me diz, agora?

I

Uma noite do século

Bebamos! nem um canto de saudade!
Morrem na embriaguez da vida as dores!
Que importam sonhos, ilusões desfeitas?
Fenecem como as flores!

José Bonifácio

– Silêncio, moços! Acabai com essas cantilenas horríveis! Não vedes que as mulheres dormem ébrias, macilentas como defuntos? Não sentis que o sono da embriaguez pesa negro naquelas pálpebras onde a beleza sigilou os olhares da volúpia?

– Cala-te, Johann! Enquanto as mulheres dormem e Arnold – o loiro – cambaleia e adormece murmurando as canções de orgia de Tieck, que música mais bela que o alarido da saturnal? Quando as nuvens correm negras no céu como um bando de corvos errantes, e a lua desmaia como a luz de uma lâmpada sobre a alvura de uma beleza que dorme, que melhor noite que a passada ao reflexo das taças?

– És um louco, Bertram! Não é a lua que lá vai macilenta: é o relâmpago que passa e ri de escárnio às agonias do povo que morre, aos soluços que seguem as mortualhas do cólera!

– O cólera! E que importa? Não há por ora vida bastante nas veias do homem? Não borbulha a febre ainda às ondas do vinho? Não reluz em todo o seu fogo a lâmpada da vida na lanterna do crânio?

– Vinho! Vinho! Não vês que as taças estão vazias e bebemos o vácuo, como um sonâmbulo?

– É o fichtismo na embriaguez! Espiritualista, bebe a imaterialidade da embriaguez!

– Oh! vazio! meu copo está vazio! Olá taverneira, não vês que as garrafas estão esgotadas? Não sabes, desgraçada, que os lábios da garrafa são como os da mulher: só valem beijos enquanto o fogo do vinho ou o fogo do amor os borrifa de lava?

– O vinho acabou-se nos copos, Bertram, mas o fumo ondula ainda nos cachimbos! Após os vapores do vinho, os vapores da fumaça! Senhores, em nome de todas as nossas reminiscências, de todos os nossos sonhos que mentiram, de todas as nossas esperanças que desbotaram, uma última saúde! A taverneira aí nos trouxe mais vinho: uma saúde! O fumo é a imagem do idealismo, é o transunto de tudo quanto há mais vaporoso naquele espiritualismo que nos fala da imortalidade da alma! e pois, ao fumo das Antilhas, à imortalidade da alma!

– Bravo! bravo!

Um *urrah* tríplice respondeu ao moço meio ébrio.

Um conviva se ergue entre a vozeria: contrastavam-lhe com as faces de moço as rugas da fronte e a rouxidão dos lábios convulsos. Por entre os cabelos prateava-se-lhe o reflexo das luzes do festim. Falou:

– Calai-vos, malditos! a imortalidade da alma? pobres doidos! e porque a alma é bela, porque não concebeis que esse ideal possa tornar-se em lodo e podridão, como as faces belas da virgem morta, não podeis crer que ele morra? Doidos! nunca velada levastes porventura uma noite à cabeceira de um cadáver? E então não duvidastes que ele não era morto, que aquele peito e aquela fronte iam palpitar de novo, aquelas pálpebras iam abrir-se, que era apenas o ópio do sono que emudecia aquele homem? Imortalidade da alma! e por que também não sonhar a das flores, a das brisas, a dos perfumes? Oh! não mil vezes! a alma não é, como a lua, sempre moça, nua e bela em sua virgindade eterna! a vida não é mais que a reunião ao acaso das moléculas atraídas: o que era um corpo de mulher vai porventura transformar-se num cipreste ou numa nuvem de miasmas; o que era um corpo do verme vai alvejar-se no cálice da flor ou na fronte da criança mais loira e bela. Como Schiller o disse, o átomo da inteligência de Platão foi talvez para o coração de um ser impuro. Por isso eu vô-lo direi: se entendeis a imortalidade pela metempsicose, bem! talvez eu creia um pouco: – pelo platonismo, não!

– Solfieri! és um insensato! o materialismo é árido como o deserto, é escuro como um túmulo! A nós frontes queimadas pelo mormaço do sol da vida, a nós sobre cuja cabeça a velhice regelou os cabelos, essas crianças frias! A nós os sonhos do espiritualismo!

– Archibald! deveras, que é um sonho tudo isso!

No outro tempo o sonho da minha cabeceira era o espírito puro ajoelhado no seu manto argênteo, num oceano de aromas e luzes! Ilusões! a realidade é a febre do libertino, a taça na mão, a lascívia nos lábios e a mulher seminua, trêmula e palpitante sobre os joelhos.

– Blasfêmia – e não crês em mais nada: teu ceticismo derribou todas as estátuas do teu templo, mesmo a de Deus?

– Deus! crer em Deus! sim, como o grito íntimo o revela nas horas frias do medo – nas horas em que se tirita de susto e que a morte parece roçar úmida por nós! Na jangada do náufrago, no cadafalso, no deserto – sempre banhado do suor frio – do terror é que vem a crença em Deus! – Crer nele como a utopia do bem absoluto, o sol da luz e do amor, muito bem! Mas se entendeis por ele os ídolos que os homens ergueram banhados de sangue, e o fanatismo beija em sua inanimação de mármore de há cinco mil anos! não creio nele!

– E os livros santos?

– Miséria! quando me vierdes falar em poesia eu vos direi: aí há folhas inspiradas pela natureza ardente daquela terra como nem Homero as sonhou – como a humanidade inteira ajoelhada sobre os túmulos do passado nunca mais lembrará! Mas quando me falarem em verdades religiosas, em visões santas, nos desvarios daquele povo estúpido – eu vos direi – miséria! miséria! três vezes miséria! Tudo aquilo é falso – mentiram como as miragens do deserto!

– Estás ébrio, Johann! O ateísmo é a insânia como o idealismo místico de Schelling, o panteísmo de Spinoza o judeu, e o crente de Malebranche nos seus sonhos da visão em Deus. A verdadeira filosofia é o epicurismo. Hume bem o disso: o fim do homem é o prazer. Daí vede que é o elemento sensível quem domina. E pois ergamo-nos, nós que amanhecemos nas noites desbotadas de estudo insano, e vimos que a ciência é falsa e esquiva, que ela mente e embriaga como um beijo de mulher.

– Bem! muito bem! é um *toast* de respeito!

– Quero que todos se levantem, e com a cabeça descoberta digam-no: Ao Deus Pan da natureza, àquele que a antiguidade chamou Baco o filho das coxas de um deus e do amor de uma mulher, e que nós chamamos melhor pelo seu nome – o vinho.

– Ao vinho! ao vinho!

Os copos caíram vazios na mesa.

– Agora ouvi-me, senhores! entre uma saúde e uma baforada de fumaça, quando as cabeças queimam e os cotovelos se estendem na toalha molhada de vinho, como os braços do carniceiro no cepo gotejante, o que nos cabe é uma história sanguinolenta, um daqueles contos fantásticos – como Hoffmann os delirava ao clarão dourado do Johannisberg!

– Uma história medonha, não Archibald? – falou um moço pálido que a esse reclamo erguera a cabeça amarelenta. Pois bem, dir-vos-ei uma história. Mas quanto a essa, podeis tremer a gosto, podeis suar a frio da fronte grossas bagas de terror. Não é um conto, é uma lembrança do passado.

– Solfieri! Solfieri! aí vens com teus sonhos!

– Conta!

Solfieri falou: os mais fizeram silêncio.

II

Solfieri

Yet one kiss on your pale clay
*And those lips once so warm – my heart! my heart!**

Byron – *Cain*

Sabeis-lo. Roma é a cidade do fanatismo e da perdição: na alcova do sacerdote dorme a gosto a amásia, no leito da vendida se pendura o Crucifixo lívido. É um requintar de gozo blasfemo que mescla o sacrilégio à convulsão do amor, o beijo lascivo à embriaguez da crença!

Era em Roma. Uma noite a lua ia bela como vai ela no verão por aquele céu morno, o fresco das águas se exalava como um suspiro do leito do Tibre. A noite ia bela. Eu passeava a sós pela ponte de... As luzes se apagaram uma por uma nos palácios, as ruas se faziam ermas, e a lua de sonolenta se escondia no leito de nuvens. Uma sombra de mulher apareceu numa janela solitária e escura. Era uma forma branca. – A face daquela mulher era como a de uma estátua

* Contudo um beijo em sua pálida porcelana e em seus lábios uma vez ardentes – meu coração! meu coração!

pálida à lua. Pelas faces dela, como gotas de uma taça caída, rolavam fios de lágrimas.

Eu me encostei à aresta de um palácio. A visão desapareceu no escuro da janela e daí um canto se derramava. Não era só uma voz melodiosa: havia naquele cantar um como choro de frenesi, um como gemer de insânia: aquela voz era sombria como a do vento à noite nos cemitérios cantando a nênia das flores murchas da morte.

Depois o canto calou-se. A mulher apareceu na porta. Parecia espreitar se havia alguém nas ruas. Não viu a ninguém – saiu. Eu segui-a.

A noite ia cada vez mais alta: a lua sumira-se no céu, e a chuva caía às gotas pesadas: apenas eu sentia nas faces caírem-me grossas lágrimas de água, como sobre um túmulo prantos de órfão.

Andamos longo tempo pelo labirinto das ruas: enfim ela parou: estávamos num campo.

Aqui, ali, além eram cruzes que se erguiam de entre o ervaçal. Ela ajoelhou-se. Parecia soluçar: em torno dela passavam as aves da noite.

Não sei se adormeci: sei apenas que quando amanheceu achei-me a sós no cemitério. Contudo a criatura pálida não fora uma ilusão – as urzes, as cicutas do campo santo estavam quebradas junto a uma cruz.

O frio da noite, aquele sono dormido à chuva, causaram-me uma febre. No meu delírio passava e repassava aquela brancura de mulher, gemiam aqueles soluços, e todo aquele devaneio se perdia num canto suavíssimo...

Um ano depois voltei a Roma. Nos beijos das

mulheres nada me saciava: no sono da saciedade me vinha aquela visão...

Uma noite, e após uma orgia, eu deixara dormida no leito dela a condessa Bárbara. Dei um último olhar àquela forma nua e adormecida com a febre nas faces e a lascívia nos lábios úmidos, gemendo ainda nos sonhos como na agonia voluptuosa do amor. – Saí. – Não sei se a noite era límpida ou negra – sei apenas que a cabeça me escaldava de embriaguez. As taças tinham ficado vazias na mesa: nos lábios daquela criatura eu bebera até a última gota o vinho do deleite...

Quando dei acordo de mim estava num lugar escuro: as estrelas passavam seus raios brancos entre as vidraças de um templo. As luzes de quatro círios batiam num caixão entreaberto. Abri-o: era o de uma moça. Aquele branco da mortalha, as grinaldas da morte na fronte dela, naquela tez lívida e embaçada, o vidrento dos olhos mal apertados... Era uma defunta!... E aqueles traços todos me lembraram uma ideia perdida... – Era o anjo do cemitério? Cerrei as portas da igreja, que, ignoro por quê, eu achara abertas. Tomei o cadáver nos meus braços para fora do caixão. Pesava como chumbo.

Sabeis a história de Maria Stuart degolada e o algoz, "do cadáver sem cabeça e o homem sem coração" como a conta Brantôme? – Foi uma ideia singular a que eu tive. Tomei-a no colo. Preguei-lhe mil beijos nos lábios. Ela era bela assim: rasguei-lhe o sudário, despi-lhe o véu e a capela como o noivo as despe à noiva. Era uma forma puríssima. Meus sonhos nunca me tinham evocado uma estátua tão perfeita.

Era mesmo uma estátua: tão branca era ela. A luz dos tocheiros dava-lhe aquela palidez de âmbar que lustra os mármores antigos. O gozo foi fervoroso – cevei em perdição aquela vigília. A madrugada passava já frouxa nas janelas. Àquele calor de meu peito, à febre de meus lábios, à convulsão de meu amor, a donzela pálida parecia reanimar-se. Súbito abriu os olhos empanados. – Luz sombria alumiou-os como a de uma estrela entre névoa –, apertou-me em seus braços, um suspiro ondeou-lhe nos beiços azulados... Não era já a morte – era um desmaio. No aperto daquele abraço havia contudo alguma coisa de horrível. O leito de lájea onde eu passara uma hora de embriaguez me resfriava. Pude a custo soltar-me daquele aperto do peito dela... Nesse instante ela acordou...

Nunca ouvistes falar da catalepsia? É um pesadelo horrível aquele que gira ao acordado que emparedam num sepulcro; sonho gelado em que sentem-se os membros tolhidos, e as faces banhadas de lágrimas alheias sem poder revelar a vida!

A moça revivia a pouco e pouco. Ao acordar desmaiara. Embucei-me na capa e tomei-a nos braços coberta com seu sudário como uma criança. Ao aproximar-me da porta topei num corpo; abaixei-me – olhei: era algum coveiro do cemitério da igreja que aí dormira de ébrio, esquecido de fechar a porta...

Saí. – Ao passar a praça encontrei uma patrulha.

– Que levas aí?

A noite era muito alta – talvez me cressem um ladrão.

– É minha mulher que vai desmaiada...

– Uma mulher!... Mas essa roupa branca e longa? Serás acaso roubador de cadáveres?

Um guarda aproximou-se. Tocou-lhe a fronte – era fria.

– É uma defunta...

Cheguei meus lábios aos dela. Senti um bafejo morno. – Era a vida ainda.

– Vede – disse eu.

O guarda chegou-lhe os lábios: os beiços ásperos roçaram pelos da moça. Se eu sentisse o estalar de um beijo... o punhal já estava nu em minhas mãos frias...

– Boa-noite, moço: podes seguir – disse ele.

Caminhei. – Estava cansado. Custava a carregar o meu fardo: e eu sentia que a moça ia despertar. Temeroso de que ouvissem-na gritar e acudissem, corri com mais esforço...

Quando eu passei a porta ela acordou. O primeiro som que lhe saiu da boca foi um grito de medo...

Mal eu fechara a porta, bateram nela. Era um bando de libertinos, meus companheiros, que voltavam da orgia. Reclamaram que abrisse.

Fechei a moça no meu quarto – e abri.

Meia hora depois eu os deixava na sala bebendo ainda. A turvação da embriaguez fez que não notassem minha ausência.

Quando entrei no quarto da moça vi-a erguida. Ria de um rir convulso como a insânia, e frio como a folha de uma espada. Trespassava de dor ao ouvi-la.

Dois dias e duas noites levou ela de febre assim... Não houve como sanar-lhe aquele delírio, nem o rir do frenesi. Morreu depois de duas noites e dois dias de delírio.

À noite saí – fui ter com um estatuário que trabalhava perfeitamente em cera – e paguei-lhe uma estátua dessa virgem.

Quando o escultor saiu, levantei os tijolos de mármore do meu quarto, e com as mãos cavei aí um túmulo. Tomei-a então pela última vez nos braços, apertei-a a meu peito muda e fria, beijei-a e cobri-a adormecida do sono eterno com o lençol de seu leito. Fechei-a no seu túmulo e estendi meu leito sobre ele.

Um ano – noite a noite – dormi sobre as lajes que a cobriam... Um dia o estatuário me trouxe a sua obra. – Paguei-lha e paguei o segredo...

Não te lembras, Bertram, de uma forma branca de mulher que entreviste pelo véu do meu cortinado? Não te lembras que eu te respondi que era uma virgem que dormia?

– E quem era essa mulher, Solfieri?

– Quem era? seu nome?

Quem se importa com uma palavra quando sente que o vinho lhe queima assaz os lábios? quem pergunta o nome da prostituta com quem dormia e que sentiu morrer a seus beijos, quando nem há dele mister por escrever-lho na lousa?

Solfieri encheu uma taça. – Bebeu-a. – Ia erguer-se da mesa quando um dos convivas tomou-o pelo braço.

– Solfieri, não é um conto isso tudo?

– Pelo inferno que não! por meu pai que era conde e bandido, por minha mãe que era a bela Messalina das ruas – pela perdição que não! Desde que eu próprio calquei aquela mulher com meus pés na sua cova de terra – eu vô-lo juro – guardei-lhe como amuleto a capela de defunta. Ei-la!

Abriu a camisa, e viram-lhe ao pescoço uma grinalda de flores mirradas.

– Vede-la murcha e seca como o crânio dela!

III

Bertram

But why should I for others groan,
*When none will sigh for me?**

Childe Harold, I

Um outro conviva se levantou.

Era uma cabeça ruiva, uma tez branca, uma daquelas criaturas fleumáticas que não hesitaram ao tropeçar num cadáver para ter mão de um fim.

Esvaziou o copo cheio de vinho, e com a barba nas mãos alvas, com os olhos de verde-mar fixos, falou:

– Sabeis, uma mulher levou-me à perdição. Foi ela quem me queimou a fronte nas orgias, e desbotou-me os lábios no ardor dos vinhos e na moleza de seus beijos: quem me fez devassar pálido as longas noites de insônia nas mesas do jogo, e na doidice dos abraços convulsos com que ela me apertava o seio! Foi ela, vós o sabeis, quem fez-me num dia ter três duelos com meus três melhores amigos, abrir três

* Por que deveria eu pelos outros sofrer, quando ninguém por mim irá suspirar?

túmulos àqueles que mais me amavam na vida – e depois, depois sentir-me só e abandonado no mundo, como a infanticida que matou o seu filho, ou aquele Mouro infeliz junto a sua Desdêmona pálida!

Pois bem, vou contar-vos uma história que começa pela lembrança desta mulher.

Havia em Cadiz uma donzela – linda daquele moreno das Andaluzas que não há vê-las sob as franjas da mantilha acetinada, com as plantas mimosas, as mãos de alabastro, os olhos que brilham e os lábios de rosa d'Alexandria – sem delirar sonhos delas por longas noites ardentes!

Andaluzas! sois muito belas! se o vinho, se as noites de vossa terra, o luar de vossas noites, vossas flores, vossos perfumes são doces, são puros, são embriagadores – vós ainda o sois mais! Oh! por esse eivar a eito de gozos de uma existência fogosa nunca pude esquecer-vos!

Senhores! aí temos vinho de Espanha, enchei os copos – à saúde das Espanholas!...

Amei muito essa moça, chamava-se Ângela. Quando eu estava decidido a casar-me com ela, quando após das longas noites perdidas ao relento a espreitar-lhe da sombra um aceno, um adeus, uma flor – quando após tanto desejo e tanta esperança eu sorvi-lhe o primeiro beijo – tive de partir da Espanha para Dinamarca, onde me chamava meu pai.

Foi uma noite de soluços e lágrimas, de choros e de esperanças, de beijos e promessas, de amor, de voluptuosidade no presente e de sonhos no futuro... Parti. Dois anos depois foi que voltei: quando entrei na casa de meu pai, ele estava moribundo: ajoelhou-se no seu leito e agradeceu a Deus ainda ver-me: pôs as mãos na minha cabeça, banhou-me a fronte de lágrimas – eram as últimas – depois deixou-se cair, pôs as mãos no peito, e com os olhos em mim murmurou – Deus!

A voz sufocou-se-lhe na garganta: todos choravam.

Eu também chorava – mas era de saudades de Ângela...

Logo que pude reduzir minha fortuna a dinheiro pus-la no banco de Hamburgo, e parti para a Espanha.

Quando voltei, Ângela estava casada e tinha um filho...

Contudo meu amor não morreu! Nem o dela!

Muito ardentes foram aquelas horas de amor e de lágrimas, de saudades e beijos, de sonhos e maldições para nos esquecermos um do outro.

Uma noite, dois vultos alvejavam nas sombras de um jardim, as folhas tremiam ao ondear de um vestido, as brisas soluçavam aos soluços de dois amantes, e o perfume das violetas que eles pisavam, das rosas e madressilvas que abriam em torno deles era ainda mais doce perdido no perfume dos cabelos soltos de uma mulher...

Essa noite – foi uma loucura! foram poucas horas de sonhos de fogo! e quão breve passaram! Depois a essa noite seguiu-se outra, outra... e muitas noites as folhas sussurraram ao roçar de um passo misterioso, e o vento se embriagou de deleite nas nossas frontes pálidas...

Mas um dia o marido soube tudo: quis representar de Otelo com ela. Doido...

Era alta noite: eu esperava ver passar nas cortinas brancas a sombra do anjo. Quando passei, uma voz chamou-me. Entrei – Ângela com os pés nus, o vestido solto, o cabelo desgrenhado e os olhos ardentes tomou-me pela mão... Senti-lhe a mão úmida... Era escura a escada que subimos: passei a minha mão molhada pela dela por meus lábios. – Tinha saibo de sangue.

– Sangue, Ângela! De quem é esse sangue?

A Espanhola sacudiu seus longos cabelos negros e riu-se.

Entramos numa sala. Ela foi buscar uma luz, e deixou-me no escuro.

Procurei, tateando, um lugar para assentar-me: toquei numa mesa. Mas, ao passar-lhe a mão, senti-a banhada de umidade: além senti uma cabeça fria como neve e molhada de um líquido espesso e meio coagulado. Era sangue...

Quando Ângela veio com a luz, eu vi... Era horrível. O marido estava degolado.

Era uma estátua de gesso lavada em sangue... Sobre o peito do assassinado estava uma criança de bruços. Ela ergueu-a pelos cabelos... Estava morta também: o sangue que corria das veias rotas de seu peito se misturava com o do pai!

– Vês, Bertram, esse era o meu presente: agora será, negro embora, um sonho do meu passado. Sou tua e tua só. Foi por ti que tive força bastante para tanto crime... Vem, tudo está pronto, fujamos. A nós o futuro!

Foi uma vida insana a minha com aquela mulher! Era um viajar sem fim. Ângela vestia-se de homem: era um formoso mancebo assim. No demais ela era como todos os moços libertinos que nas mesas da orgia batiam com a taça na taça dela. Bebia já como uma inglesa, fumava como uma Sultana, montava a cavalo como um árabe e atirava as armas como um espanhol.

Quando o vapor dos licores me ardia a fronte ela m'a repousava em seus joelhos, tomava um bandolim e me cantava as modas de sua terra...

Nossos dias eram lançados ao sono como pérolas ao amor: nossas noites, sim, eram belas!

Um dia ela partiu: partiu, mas deixou-me os lábios ainda queimados dos seus, e o coração cheio de gérmen de vícios que ela aí lançara. Partiu. Mas sua lembrança ficou como o fantasma de um mau anjo perto de meu leito.

Quis esquecê-la no jogo, nas bebidas, na paixão dos duelos. Tornei-me um ladrão nas cartas, um homem perdido por mulheres e orgias, um espadachim terrível e sem coração.

Uma noite eu caíra ébrio às portas de um palácio: os cavalos de uma carruagem pisaram-me ao passar e partiram-me a cabeça de encontro à lájea. Acudiram-me desse palácio. Depois amaram-me: a família era um nobre velho viúvo e uma beleza peregrina de dezoito anos. Não era amor decerto o que eu sentia por ela – não sei o que foi –, era uma fatalidade infernal. A pobre inocente amou-me; e eu, recebido como o hóspede de Deus sob o teto do velho fidalgo, desonrei-lhe a filha, roubei-a, fugi com ela... E o velho teve de chorar suas cãs manchadas na desonra de sua filha, sem poder vingar-se.

Depois enjoei-me dessa mulher. – A saciedade é um tédio terrível: – uma noite que eu jogava com Siegfried – o pirata, depois de perder as últimas joias dela, vendi-a.

A moça envenenou Siegfried logo na primeira noite, e afogou-se...

Eis aí quem eu sou: se quisesse contar-vos longas histórias do meu viver, vossas vigílias correriam breves demais...

Um dia – era na Itália – saciado de vinho e mulheres, eu ia suicidar-me. A noite era escura e eu chegara só na praia. Subi num rochedo: daí minha última voz foi uma blasfêmia, meu último adeus uma maldição... *meu último,* digo mal; porque senti-me erguido nas águas pelo cabelo.

Então na vertigem do afogo o anelo da vida acordou-se em mim. A princípio tinha sido uma cegueira – uma nuvem ante meus olhos, como aos daquele que labuta nas trevas. A sede da vida veio ardente: apertei aquele que me socorria: fiz tanto, em uma palavra, que, sem querê-lo, matei-o. Cansado do esforço desmaiei...

Quando recobrei os sentidos estava num escaler de marinheiros que remavam mar em fora. Aí soube eu que meu salvador tinha morrido afogado por minha culpa. Era uma sina, e negra; e por isso ri-me; ri-me, enquanto os filhos do mar choravam.

Chegamos a uma corveta que estava erguendo âncora.

O comandante era um belo homem. Pelas faces vermelhas caíam-lhe os crespos cabelos loiros onde a velhice alvejava algumas cãs.

Ele perguntou-me:

– Quem és?

– Um desgraçado que não pode viver na terra, e não deixaram morrer no mar.

– Queres pois vir a bordo?

– A menos que não prefirais atirar-me ao mar.

– Não o faria: tens uma bela figura. Levar-te-ei comigo. Servirás...

– Servir! – e ri-me: depois respondi-lhe frio: – deixai que me atire ao mar...

– Não queres servir? queres então viajar de braços cruzados?

– Não: quando for a hora da manobra dormirei: mas quando vier a hora do combate ninguém será mais valente do que eu...

– Muito bem: gosto de ti – disse o velho lobo do mar. – Agora que estamos conhecidos dize-me teu nome e tua história.

– Meu nome é Bertram. Minha história? escutai: o passado é um túmulo! Perguntai ao sepulcro a história do cadáver! guarda o segredo... ele dir-vos-á apenas que tem no seio um corpo que se corrompe! tereis sobre a lousa um nome – e não mais!

O comandante franziu as sobrancelhas, e passou adiante para comandar a manobra.

O comandante trazia a bordo uma bela moça. Criatura pálida, parecera a um poeta o anjo da esperança adormecendo esquecido entre as ondas. Os marinheiros a respeitavam: quando pelas noites de lua ela repousava o braço na amurada e a face na mão, aqueles que passavam junto dela se descobriam respeitosos. Nunca ninguém lhe vira olhares de orgulho, nem lhe ouvira palavras de cólera: era uma santa.

Era a mulher do comandante.

Entre aquele homem brutal e valente, rei bravio no alto-mar, esposado, como os Doges de Veneza ao Adriático, à sua garrida corveta – entre aquele homem pois e aquela madona havia um amor de homem como palpita o peito que longas noites abriu-se às luas do oceano solitário, que adormeceu pensando nela ao frio das vagas e ao calor dos trópicos, que suspirou nas horas de quarto, alta noite na amurada do navio, lembrando-a nos nevoeiros da cerração, nas nuvens da tarde... Pobres doidos! parece que esses homens amam muito! A bordo ouvi a muitos marinheiros seus amores singelos: eram moças loiras da Bretanha e da Normandia, ou alguma Espanhola de cabelos negros vista ao passar – sentada na praia com sua cesta de flores ou adormecida entre os laranjais cheirosos – ou dançando o fandango lascivo nos bailes ao relento! Houve junto a mim muitas faces ásperas e tostadas ao sol do mar que se banharam de lágrimas...

Voltemos à história. – O comandante a estremecia como um louco – um pouco menos que a sua honra, um pouco mais que sua corveta.

E ela – ela no meio de sua melancolia, de sua tristeza e sua palidez – ela sorria às vezes quando cismava sozinha – mas era um sorrir tão triste que doía. Coitada!

Um poeta a amaria de joelhos. Uma noite – decerto eu estava ébrio – fiz-lhe uns versos. Na lânguida poesia, eu derramara uma essência preciosa e límpida que ainda não se poluíra no mundo...

Bofé que chorei quando fiz esses versos. Um dia, meses depois – li-os, ri-me deles e de mim e atirei-os ao mar.. Era a última folha da minha virgindade que lançava ao esquecimento...

Agora, enchei os copos: o que vou dizer-vos é negro: é uma lembrança horrível, como os pesadelos no oceano.

Com suas lágrimas, com seus sorrisos, com seus olhos úmidos, e os seios intumescidos de suspiro – aquela mulher me enlouquecia as noites. Era como uma vida nova que nascia cheia de desejos, quando eu cria que todos eles eram mortos como crianças afogadas em sangue ao nascer.

Amei-a: por que dizer-vos mais? Ela amou-me também. Uma vez a luz ia límpida e serena sobre as águas – as nuvens eram brancas como um véu recamado de pérolas da noite – o vento cantava nas cordas. Bebi-lhe na pureza desse luar, ao fresco dessa noite, mil beijos nas faces molhadas de lágrimas, como se bebe o orvalho de um lírio cheio. Aquele seio palpitante, o contorno acetinado, apertei-os sobre mim...

O comandante dormia.

Uma vez ao madrugar o gajeiro assinalou um navio. Meia hora depois desconfiou que era um pirata...

Chegávamos cada vez mais perto. Um tiro de pólvora seca da corveta reclamou a bandeira. Não responderam. Deu-se segundo – nada. Então um tiro de bala foi cair nas águas do barco desconhecido como uma luva de duelo. O barco, que até então tinha seguido rumo oposto ao nosso e vinha proa contra nossa proa, virou de bordo e apresentou-nos seu flanco enfumaçado: um relâmpago correu nas baterias do pirata – um estrondo seguiu-se – e uma nuvem de balas veio morrer perto da corveta.

Ela não dormia, virou de bordo: os navios ficaram lado a lado. À descarga do navio de guerra o pirata estremeceu como se quisesse ir a pique.

O pirata fugia: a corveta deu-lhe caça: as descargas trocaram-se então mais fortes de ambos os lados.

Enfim o pirata pareceu ceder. Atracaram-se os dois navios como para uma luta. A corveta vomitou sua gente a bordo do inimigo. O combate tornou-se sangrento – era um matadouro: o chão do navio escorregava de tanto sangue: o mar ansiava cheio de escumas ao boiar de tantos cadáveres. Nesta ocasião sentiu-se uma fumaça que subia do porão. O pirata dera fogo às pólvoras... Apenas a corveta por uma manobra atrevida pôde afastar-se do perigo. Mas a explosão fez-lhe grandes estragos. Alguns minutos depois o barco do pirata voou pelos ares. Era uma cena pavorosa ver entre aquela fogueira de chamas, ao estrondo da pólvora, ao reverberar deslumbrador do fogo nas águas, os homens arrojados ao ar irem cair no oceano.

Uns a meio queimados se atiravam à água, outros com os membros esfolados e a pele a despegarse-lhes do corpo nadavam ainda entre dores horríveis e morriam torcendo-se em maldições.

A uma légua da cena do combate havia uma praia bravia, cortada de rochedos... Aí se salvaram os piratas que puderam fugir.

E nesse tempo, enquanto o comandante se batia como um bravo, eu o desonrava como um covarde.

Não sei como se passou o tempo todo que decorreu depois. Foi uma visão de gozos malditos – eram os amores de Satan e de Eloá, da morte e da vida, no leito do mar.

Quando acordei um dia desse sonho, o navio tinha encalhado num banco de areia: o ranger da quilha a morder na areia gelou a todos... Meu despertar foi a um grito de agonia...

– Olá, mulher! taverneira maldita, não vês que o vinho acabou-se?

Depois foi um quadro horrível! Éramos nós numa jangada no meio do mar. Vós que lestes o *Don Juan,* que fizestes talvez daquele veneno a vossa Bíblia, que dormistes as noites da saciedade como eu, com a face sobre ele – e com os olhos ainda fitos nele vistes tanta vez amanhecer – sabeis quanto se cora de horror ante aqueles homens atirados ao mar, num mar sem horizonte, ao balouço das águas, que parecem sufocar seu escárnio na mudez fria de uma fatalidade!

Uma noite – a tempestade veio – apenas houve tempo de amarrar nossas munições... Fora mister ver o oceano bramindo no escuro como um bando de leões com fome, para saber o que é a borrasca – fora mister vê-la de uma jangada à luz da tempestade, às blasfêmias dos que não creem e maldizem, às lágrimas dos que esperam e desesperam, aos soluços dos que tremem e tiritam de susto como aquele que bate à porta do nada... E eu, eu ria: era como o gênio do ceticismo naquele deserto. Cada vaga que varria nossas tábuas descosidas arrastava um homem – mas cada vaga que me rugia aos pés parecia respeitar-me. Era um oceano como aquele de fogo onde caíram os anjos perdidos de Milton – o cego: quando eles passavam cortando-as a nado, as águas do pântano de lava se apertavam: a morte era para os filhos de Deus – não para o bastardo do mal!

Toda aquela noite passei-a com a mulher do comandante nos braços. Era um himeneu terrível aquele que se consumava entre um descrido e uma mulher pálida que enlouquecia: o tálamo era o oceano, a escuma das vagas era a seda que nos a alcatifava o leito. Em meio daquele concerto de uivos que nos ia ao pé, os gemidos nos sufocavam: e nós rolávamos abraçados – atados a um cabo da jangada – por sobre as tábuas...

Quando a aurora veio, restávamos cinco: eu, a mulher do comandante, ele e dois marinheiros – ...

Alguns dias comemos umas bolachas repassadas da salsugem da água do mar. Depois tudo o que houve de mais horrível se passou...

– Por que empalideces, Solfieri? a vida é assim. Tu o sabes como eu o sei. O que é o homem? é a escuma que ferve hoje na torrente e amanhã desmaia: alguma coisa de louco e movediço como a vaga, de fatal como o sepulcro! O que é a existência? Na mocidade é o caleidoscópio das ilusões: vive-se então da seiva do futuro. Depois envelhecemos: quando chegamos aos trinta anos, e o suor das agonias nos grisalhou os cabelos antes do tempo, e murcharam como nossas faces as nossas esperanças, oscilamos entre o passado visionário, e este *amanhã* do velho, gelado e ermo – despido como um cadáver que se banha antes de dar à sepultura! Miséria! loucura!

– Muito bem! miséria e loucura! – interrompeu uma voz.

O homem que falara era um velho. A fronte se lhe descalvara, e longas e fundas rugas a sulcavam – eram ondas que o vento da velhice lhe cavava no mar da vida... Sob espessas sobrancelhas grisalhas lampejavam-lhe os olhos pardos e um espesso bigode lhe cobria parte dos lábios. Trazia um gibão negro e roto, e um manto desbotado, da mesma cor lhe caía dos ombros.

– Quem és, velho? – perguntou o narrador.

– Passava lá fora: a chuva caía a cântaros, a tempestade era medonha, entrei. Boa-noite, senhores! se houver mais uma taça na vossa mesa, enchei-a até as bordas e beberei convosco.

– Quem és?

– Quem eu sou? – na verdade fora difícil dizê-lo: corri muito mundo, a cada instante mudando de nome e de vida. – Fui poeta – e como poeta cantei. Fui soldado, e banhei minha fronte juvenil nos últimos raios de sol da águia de Waterloo. – Apertei ao fogo da batalha a mão do homem do século. Bebi numa taverna com Bocage – o português, ajoelhei-me na Itália sobre o túmulo de Dante – e fui à Grecia para sonhar como Byron naquele túmulo das glórias do passado. – Quem eu sou? Fui um poeta aos vinte anos, um libertino aos trinta – sou um vagabundo sem pátria e sem crenças aos quarenta. Sentei-me à sombra de todos os sóis – beijei lábios de mulheres de todos os países – e de todo esse peregrinar só trouxe duas lembranças – um amor de mulher que morreu nos meus braços na primeira noite de embriaguez e de febre – e uma agonia de poeta... Dela, tenho uma rosa murcha e a fita que prendia seus cabelos. – Dele – olhai...

O velho tirou do bolso um embrulho; era um lenço vermelho o invólucro: desataram-no; dentro estava uma caveira.

– Uma caveira! – gritaram em torno. – És um profanador de sepulturas?

– Olha, moço, se entendes a ciência de Gall e Spurzheim, dize-me pela protuberância dessa fronte e pelas bossas dessa cabeça, quem podia ser esse homem?

– Talvez um poeta – talvez um louco.

– Muito bem! adivinhaste. Só erraste não dizendo que talvez ambas as coisas a um tempo. Sêneca o disse – a poesia é a insânia. Talvez o gênio seja uma alucinação, e o entusiasmo precise da embriaguez para escrever o hino sanguinário e fervoroso de Rouget de l'Isle, ou para, na criação do painel medonho do Cristo morto de Holbein, estudar a corrupção no cadáver. Na vida misteriosa de Dante, nas orgias de Marlowe, no peregrinar de Byron havia uma sombra da doença de Hamlet: quem sabe?

– Mas a que vem tudo isso?

– Não bradastes – miséria e loucura! vós, almas onde talvez borbulhava o sopro de Deus, cérebros que a luz divina de gênio esclarecia, e que o vinho enchia de vapores e a saciedade de escárnios? Enchei as taças até a borda! enchei-as e bebei; bebei à lembrança do cérebro que ardeu nesse crânio, da alma que aí habitou, do poeta louco – Werner! e eu bradarei ainda uma vez: – miséria e loucura!

O velho esvaziou o copo, embuçou-se e saiu. Bertram continuou a sua história.

– Eu vos dizia que ia passar-se uma coisa horrível: não havia mais alimentos, e no homem despertava a voz do instinto, das entranhas que tinham fome, que pediam seu cevo como o cão do matadouro, fosse embora sangue.

A fome! a sede! tudo quanto há de mais horrível...

Na verdade, senhores, o homem é uma criatura perfeita! Estatuário sublime, Deus esgotou no talhar desse mármore todo o seu esmero. Prometeu divino, encheu-lhe o crânio protuberante da luz do gênio. Ergueu-o pela mão, mostrou-lhe o mundo do alto da montanha, como Satan quatro séculos depois o fez a Cristo, e disse-lhe: Vê, tudo isso é belo – vales e montes, águas do mar que espumam, folhas das florestas que tremem e sussurram como as asas dos meus anos – tudo isso é teu. Fiz-te o mundo belo no véu purpúreo do crepúsculo, dourei-o aos raios de minha face. Fiz-te rei da Terra! banha a fronte olímpica nessas brisas, nesse orvalho, na escuma dessas cataratas. Sonha como a noite, canta como os anjos, dorme entre as flores! Olha! entre as folhas floridas do vale dorme uma criatura branca como o véu das minhas virgens, loira como o reflexo das minhas nuvens, harmoniosa como as aragens do céu nos arvoredos da terra. – É tua: acorda-a, ama-a, e ela te amará; no seio dela, nas ondas daquele cabelo, afoga-te como o sol entre vapores. – Rei no peito dela, rei na terra, vive de amor e crença, de poesia e de beleza, levanta-te, vai, e serás feliz!

Tudo isso é belo, sim – mas é a ironia mais amarga, a decepção mais árida de todas as ironias e de todas as decepções. Tudo isso se apaga diante de dois fatos muito prosaicos – a fome e a sede.

O gênio, a águia altiva que se perde nas nuvens, que se aquenta no eflúvio da luz mais ardente do sol – cair assim com as asas torpes e verminosas no lodo das charnecas? Poeta! porque no meio do arroubo mais sublime do espírito, uma voz sarcástica e mefistofélica te brada – meu Faust, ilusões! a realidade é a matéria: Deus escreveu Αᾳῦψξν* na fronte de sua criatura! – Don Juan! por que choras a esse beijo morno de Haidea que desmaia-te nos braços? a prostituta vender-t'os-á amanhã mais queimadores!... Miséria! E dizer que tudo o que há de mais divino no homem, de mais santo e perfumado na alma se infunde no lodo da realidade, se revolve no charco e acha ainda uma convulsão infame para dizer – sou feliz!...

Isso tudo, senhores, para dizer-vos uma coisa muito simples... um fato velho e batido – uma prática do mar, uma lei do naufrágio – a antropofagia.

Dois dias depois de acabados os alimentos, restavam três pessoas: eu, o comandante e ela – eram

* destino, fatalidade.

três figuras macilentas como o cadáver, cujos peitos nus arquejavam como a agonia, cujos olhares fundos e sombrios se injetavam de sangue como a loucura.

O uso do mar – não quero dizer a voz da natureza física, o brado do egoísmo do homem – manda a morte de um para a vida de todos. – Tiramos a sorte – o comandante teve por lei morrer.

Então o instinto de vida se lhe despertou ainda. Por um dia mais de existência, mais um dia de fome e sede, de leito úmido e varrido pelos ventos frios do norte, mais umas horas mortas de blasfêmia e de agonia, de esperança e desespero – de orações e descrenças – de febre e de ânsia – o homem ajoelhou-se, chorou, gemeu a meus pés...

– Olhai – dizia o miserável –, esperemos até amanhã... Deus terá compaixão de nós... Por vossa mãe, pelas entranhas de vossa mãe! por Deus se ele existe! deixai, deixai-me ainda viver!

Oh! a esperança é pois como uma parasita que morde e despedaça o tronco, mas quando ele cai, quando morre e apodrece, ainda o aperta em seus convulsos braços! Esperar! quando o vento do mar açouta as ondas, quando a escuma do oceano vos lava o corpo lívido e nu, quando o horizonte é deserto e sem termo, e as velas que branqueiam ao longe parecem fugir! Pobre louco!

Eu ri-me do velho. – Tinha as entranhas em fogo. – Morrer hoje, amanhã, ou depois – tudo me era indiferente, mas hoje eu tinha fome, e ri-me porque tinha fome.

O velho lembrou-me que me acolhera a seu bordo, por piedade de mim – lembrou-me que me amava – e uma torrente de soluços e lágrimas afogava o bravo que nunca empalidecera diante da morte.

Parece que a morte no oceano é terrível para os outros homens: quando o sangue lhes salpica as faces, lhes ensopa as mãos, correm à morte como um rio ao mar – como a cascavel ao fogo. Mas assim – no deserto – nas águas – eles temem-na, tremem diante dessa caveira fria da morte!

Eu ri-me porque tinha fome.

Então o homem ergue-se. A fúria levantou nele – com a última agonia. Cambaleava, e um suor frio lhe corria no peito descarnado. – Apertou-me nos seus braços amarelentos e lutamos ambos corpo a corpo, peito a peito, pé por pé – por um dia de miséria!

A lua amarelada erguia sua face desbotada, como uma meretriz cansada de uma noite de devassidão – do céu escuro parecia zombar desses dois moribundos que lutavam por uma hora de agonia...

O valente do combate desfalecia – caiu: pus-lhe o pé na garganta – sufoquei-o – e expirou...

Não cubrais o rosto com as mãos – faríeis o mesmo... Aquele cadáver foi nosso alimento dois dias...

Depois, as aves do mar já baixavam para partilhar minha presa; e às minhas noites fastientas uma sombra vinha reclamar sua ração de carne humana...

Lancei os restos ao mar...

Eu e a mulher do comandante passamos – um dia, dois – sem comer nem beber...

Então ela propôs-me morrer comigo. – Eu disse-lhe que sim. Esse dia foi a última agonia do amor que nos queimava: gastamo-lo em convulsões para sentir ainda o mel fresco da voluptuosidade banhar-nos os lábios... Era o gozo febril que podem ter duas criaturas em delírio de morte. Quando soltei-me dos braços dela a fraqueza a fazia desvairar. O delírio tornava-se mais longo, mais longo: debruçava-se nas ondas e bebia a água salgada, e oferecia-m'a nas mãos pálidas, dizendo que era vinho. As gargalhadas frias vinham mais de entuviada...

Estava louca.

Não dormi – não podia dormir: uma modorra ardente me fervia as pálpebras: o hálito de meu peito parecia fogo: meus lábios secos e estalados apenas se orvalhavam de sangue.

Tinha febre no cérebro – e meu estômago tinha fome. Tinha fome como a fera.

Apertei-a nos meus braços, oprimi-lhe nos beiços a minha boca em fogo: apertei-a convulsivo – sufoquei-a. Ela era ainda tão bela!

Não sei que delírio estranho se apoderou de mim. Uma vertigem me rodeava. O mar parecia rir de mim, e rodava em torno, escumante e esverdeado, como um sorvedoiro. As nuvens pairavam correndo e pareciam filtrar sangue negro. O vento que me passava nos cabelos murmurava uma lembrança.

De repente senti-me só. Uma onda me arrebatara o cadáver. Eu a vi boiar pálida como suas roupas brancas, seminua, com os cabelos banhados de água: eu via-a erguer-se na escuma das vagas, desaparecer, e boiar de novo: depois não a distingui mais – era como a escuma das vagas, como um lençol lançado nas águas...

Quantas horas, quantos dias passei naquela modorra nem o sei... Quando acordei desse pesadelo de homem desperto, estava a bordo de um navio.

Era o brigue inglês *Swallow*, que me salvara...

Olá, taverneira, bastarda de Satan, não vês que tenho sede, e as garrafas estão secas, secas como tua face e como nossas gargantas?

IV

GENNARO

*Meurs ou tue!**

CORNEILLE

– Gennaro, dormes, ou embebes-te no sabor do último trago do vinho, da última fumaça do teu cachimbo?

– Não: quando contavas tua história, lembrava-me uma folha da vida, folha seca e avermelhada como as do outono, e que o vento varreu.

– Uma história?

– Sim: é uma das minhas histórias: sabes, Bertram, eu sou pintor, é uma lembrança triste essa que vou revelar, porque é a história de um velho e de duas mulheres, belas como duas visões de luz.

Godofredo Walsh era um desses velhos sublimes, em cujas cabeças as cãs semelham o diadema prateado do gênio. Velho já, casara em segundas núpcias com uma beleza de vinte anos. Godofredo era pintor: diziam uns que este casamento fora um amor artístico por aquela beleza Romana, como que feita ao

* Morra ou mate!

molde das belezas antigas – outros criam-no compaixão pela pobre moça que vivia de servir de modelo. O fato é que ele a queria como filha – como Laura, a filha única de seu primeiro casamento – Laura, corada como uma rosa, e loira como um anjo.

Eu era nesse tempo moço: era aprendiz de pintura em casa de Godofredo. Eu era lindo então! que trinta anos lá vão! que ainda os cabelos e as faces me não haviam desbotado como nesses longos quarenta e dois anos de vida! Eu era aquele tipo de mancebo ainda puro do ressumbrar infantil, pensativo e melancólico como o Rafael se retratou no quadro da galeria Barberini. Eu tinha quase a idade da mulher do mestre. – Nauza tinha vinte – e eu tinha dezoito anos.

Amei-a, mas meu amor era puro como meus sonhos de dezoito anos. Nauza também me amava: era um sentir tão puro! era uma emoção solitária e perfumosa como as primaveras cheias de flores e de brisas que nos embalavam aos céus da Itália.

Como eu o disse – o mestre tinha uma filha chamada Laura. Era uma moça pálida, de cabelos castanhos e olhos azulados; sua tez era branca, e só às vezes, quando o pejo a incendia, duas rosas lhe avermelhavam a face e se destacavam no fundo de mármore. Laura parecia querer-me como a um irmão. Seus risos, seus beijos de criança de quinze anos eram só para mim. À noite, quando eu ia deitar-me, ao passar pelo corredor escuro com minha lâmpada, uma sombra me apagava a luz e um beijo me pousava nas faces, nas trevas.

Muitas noites foi assim.

Uma manhã – eu dormia ainda – o mestre saíra e Nauza fora à igreja – quando Laura entrou no meu quarto e fechou a porta: deitou-se a meu lado. Acordei – nos braços dela.

O fogo de meus dezoito anos, a primavera virginal de uma beleza, ainda inocente, o seio seminu de uma donzela a bater sobre o meu, isso tudo ao despertar dos sonhos alvos da madrugada, me enlouqueceu...

Todas as manhãs Laura vinha a meu quarto...

Três meses passaram assim. Um dia entrou ela no meu quarto e disse-me:

– Gennaro, estou desonrada para sempre... A princípio eu quis-me iludir – já não o posso – estou de esperanças...

Um raio que me caísse aos pés não me assustaria tanto.

– É preciso que cases comigo – que me peças a meu pai, ouves, Gennaro?

Eu calei-me.

– Não me amas então?

Calei-me ainda.

– Oh! Gennaro, Gennaro!

E caiu no meu ombro desfeita em soluços. Carreguei-a assim fria e fora de si para seu quarto.

Nunca mais tornou a falar-me em casamento.

Que havia eu de fazer? contar tudo ao pai e pedi-la em casamento? Fora uma loucura... Ele me mataria e a ela: ou pelo menos me expulsaria de sua casa... E Nauza? cada vez eu a amava mais. Era uma luta terrível essa que se travava entre o dever e o amor, e entre o dever e o remorso.

Laura não me falara mais. Seu sorriso era frio: cada dia tornava-se mais pálida, mas a gravidez não crescia, antes mais nenhum sinal se lhe notava...

O velho levava as noites passeando no escuro. Já não pintava. Vendo a filha que morria aos sons secretos de uma harmonia de morte, que empalidecia cada vez mais, o misérrimo arrancava as cãs.

Eu contudo não esquecera Nauza, nem ela se esquecia de mim. Meu amor era sempre o mesmo: eram sempre noites de esperança e de sede que me banhavam de lágrimas o travesseiro. Só às vezes a sombra de um remorso me passava, mas a imagem dela dissipava todas essas névoas

Uma noite... foi horrível... vieram chamar-me: Laura morria. Na febre murmurava meu nome e palavras que ninguém podia reter, tão apressadas e confusas lhe soavam. Entrei no quarto dela: a doente conheceu-me. Ergueu-se branca, com a face úmida de um suor copioso: chamou-me. Sentei-me junto do leito dela. Apertou minha mão nas suas mãos frias e murmurou em meus ouvidos:

– Gennaro, eu te perdoo: eu te perdoo tudo... Eras um infame... Morrerei... Fui uma louca... Morrerei... Por tua causa... teu filho... o meu... vou vê-lo ainda... mas no céu... Meu filho que matei... antes de nascer...

Deu um grito: estendeu convulsivamente os braços como para repelir uma ideia, passou a mão pelos lábios como para enxugar as últimas gotas de uma bebida, estorceu-se no leito, lívida, fria, banhada de suor gelado, e arquejou... Era o último suspiro.

Um ano todo se passou assim para mim. O velho parecia endoidecido. Todas as noites fechava-se no quarto onde morrera Laura: levava aí a noite toda em solidão. Dormia? ah que não! Longas horas eu o escutei no silêncio arfar com ânsia, outras vezes afogar-se em soluços. Depois tudo emudecia: o silêncio durava horas – o quarto era escuro: e depois as passadas pesadas do mestre se ouviam pelo quarto, mas vacilantes como de um bêbedo que cambaleia.

Uma noite eu disse a Nauza que a amava: ajoelhei-me junto dela, beijei-lhe as mãos, reguei seu colo de lágrimas. Ela voltou a face: eu cri que era desdém, ergui-me.

– Então Nauza, tu não me amas – disse eu.

Ela permanecia com o rosto voltado.

– Adeus, pois: perdoai-me se vos ofendi: meu amor é uma loucura, minha vida é uma desesperança – o que me resta? Adeus, irei longe – longe daqui... talvez então eu possa chorar sem remorso...

Tomei-lhe a mão e beijei-a.

Ela deixou sua mão nos meus lábios.

Quando ergui a cabeça, eu a vi: ela estava debulhada em lágrimas.

– Nauza – Nauza – uma palavra, tu me amas?

Tudo o mais foi um sonho: a lua passava entre os vidros da janela aberta, e batia nela: nunca eu a vira tão pura e divina!

E as noites que o mestre passava soluçando no leito vazio de sua filha, eu as passava no leito dele, nos braços de Nauza.

Uma noite houve um fato pasmoso.

O mestre veio ao leito de Nauza. Gemia e chorava aquela voz cavernosa e rouca: tomou-me pelo braço com força, acordou-me, e levou-me de rasto ao quarto de Laura...

Atirou-me ao chão: fechou a porta. Uma lâmpada estava acesa no quarto defronte de um painel. Ergueu o lençol que o cobria. – Era Laura moribunda! E eu macilento como ela tremia como um condenado. A moça com seus lábios pálidos murmurava no meu ouvido...

Eu tremi de ver meu semblante tão lívido na tela: e lembrei-me que naquele dia ao sair do quarto da morta, no espelho dela que estava ainda pendurado à janela, eu me horrorizara de ver-me cadavérico...

Um tremor, um calafrio se apoderou de mim. Ajoelhei-me, e chorei lágrimas ardentes. Confessei tudo: parecia-me que era ela quem o mandava, que era Laura que se erguia dentre os lençóis do seu leito, e me acendia o remorso, e no remorso me rasgava o peito.

Por Deus! que foi uma agonia!

No outro dia o mestre conversou comigo friamente. Lamentou a falta de sua filha – mas sem uma lágrima: sobre o passado na noite, nem palavra.

Todas as noites era a mesma tortura, todos os dias a mesma frieza.

O mestre era sonâmbulo...

E pois eu não me cri perdido...

Contudo lembrei-me que uma noite, quando eu saía do quarto de Laura com o mestre, no escuro vira uma roupa branca passar-me por perto, roçaram-me uns cabelos soltos, e nas lájeas do corredor estalavam umas passadas tímidas de pés nus... Era Nauza que tudo vira e tudo ouvira, que se acordara e sentira minha falta no leito, que ouvira esses soluços e gemidos, e correra para ver ...

Uma noite, depois da ceia, o mestre Walsh tomou sua capa e uma lanterna, e chamou-me para acompanhá-lo. Tinha de sair fora da cidade e não queria ir só. Saímos juntos: a noite era escura e fria. O outono desfolhara as árvores e os primeiros sopros do inverno rugiam nas folhas secas do chão. Caminhamos juntos muito tempo: cada vez mais nos entranhávamos pelas montanhas, cada vez o caminho era mais solitário. O velho parou. Era na fralda de uma montanha. À direita o rochedo se abria num trilho: à esquerda as pedras soltas por nossos pés a cada passada se despegavam e rolavam pelo despenhadeiro, e instantes depois se ouvia um som como de água onde cai um peso...

A noite era escuríssima... Apenas a lanterna alumiava o caminho tortuoso que seguíamos. O velho lançou os olhos à escuridão do abismo e riu-se.

– Espera-me aí – disse ele –, já venho.

Godofredo tomou a lanterna e seguiu para o cume da montanha: eu sentei-me no caminho à sua espera: vi aquela luz ora perder-se, ora reaparecer entre os arvoredos nos zigue-zagues do caminho. Por fim vi-a parar. O velho bateu à porta de uma cabana: a porta abriu-se. Entrou. O que aí se passou nem o sei: quando a porta abriu-se de novo uma mulher lívida e desgrenhada apareceu com um facho na mão.

A porta fechou-se. Alguns minutos depois o mestre estava comigo.

O velho assentou a lanterna num rochedo, despiu a capa e disse-me:

– Gennaro, quero contar-te uma história. É um crime, quero que sejas juiz dele. Um velho era casado com uma moça bela. De outras núpcias tinha uma filha bela também. Um aprendiz – um miserável que ele erguera da poeira, como o vento às vezes ergue uma folha, mas que ele podia reduzir a ela quando quisesse...

Eu estremeci, os olhares do velho pareciam ferir-me.

– Nunca ouviste essa história, meu bom Gennaro?

– Nunca – disse eu a custo e tremendo.

– Pois bem – esse infame desonrou o pobre velho: traiu-o como Judas ao Cristo.

– Mestre, perdão!

– Perdão! – e perdoou o malvado ao pobre coração do velho?

– Piedade!

– E teve ele dó da virgem, da desonra, da infanticida?

– Ah! – gritei.

– Que tens? conheces o criminoso?

A voz de escárnio dele me abafava.

– Vês, pois, Gennaro – disse ele mudando de tom –, se houvesse um castigo pior que a morte, eu t'o daria. Olha esse despenhadeiro! É medonho! se o visses de dia, teus olhos se escureceriam e aí rolarias talvez – de vertigem! É um túmulo seguro: e guardará o segredo, como um peito o punhal. Só os corvos irão lá ver-te, só os corvos e os vermes. E pois, se tens ainda no coração maldito um remorso, reza tua última oração: mas seja breve. O algoz espera a vítima: a hiena tem fome de cadáver...

Eu estava ali pendente junto à morte. Tinha só a escolher o suicídio ou ser assassinado. Matar o velho era impossível. Uma luta entre mim e ele fora insana. Ele era robusto, a sua estatura alta, seus braços musculosos me quebrariam como o vendaval rebenta um ramo seco. Demais, ele estava armado. Eu – eu era uma criança débil: ao meu primeiro passo ele me arrojaria da pedra em cujas bordas eu estava... Só me restaria morrer com ele – arrastá-lo na minha queda. Mas para quê?

E curvei-me no abismo: tudo era negro: o vento lá gemia embaixo nos ramos desnuados, nas urzes, nos espinhais ressequidos, e a torrente lá chocalhava no fundo escumando nas pedras.

Eu tive medo.

Orações, ameaças, tudo seria debalde.

– Estou pronto – disse.

O velho riu-se: infernal era aquele rir dos seus lábios estalados de febre. Só vi aquele riso... Depois foi uma vertigem... o ar que sufocava, um peso que me arrastava, como naqueles pesadelos em que se cai de uma torre e se fica preso ainda pela mão, mas a mão cansa, fraqueja, sua, esfria... Era horrível: ramo a ramo, folha por folha os arbustos me estalavam nas mãos, as raízes secas que saíam pelo despenhadeiro estalavam sobre meu peso e meu peito sangrava nos espinhais. A queda era muito rápida... De repente não senti mais nada... Quando acordei estava junto a uma cabana de camponeses que me tinham apanhado junto da torrente, preso nos ramos de uma azinheira gigantesca que assombrava o rio.

Era depois de um dia e uma noite de delírios que eu acordara. Logo que sarei, uma ideia me veio: ir ter com o mestre. Ao ver-me salvo assim daquela morte horrível, pode ser que se apiedasse de mim, que me perdoasse, e então eu seria seu escravo, seu cão, tudo o que houvesse mais abjeto num homem que se humilha – tudo! – contanto que ele me perdoasse. Viver com aquele remorso me parecia impossível. Parti pois: no caminho topei um punhal. Ergui-o: era o do mestre. Veio-me então uma ideia de vingança e de soberba. Ele quisera matar-me, ele tinha rido à minha agonia, e eu havia ir chorar-lhe ainda aos pés para ele repelir-me ainda, cuspir-me nas faces, e amanhã procurar outra vingança mais segura?... Eu humilhar-me quando ele me tinha abatido! Os cabelos me arrepiaram na cabeça, e suor frio me rolava pelo rosto.

Quando cheguei à casa do mestre achei-a fechada. Bati – não abriram. O jardim da casa dava para a rua: saltei o muro: tudo estava deserto e as portas que davam para ele estavam também fechadas. Uma delas era fraca: com pouco esforço arrombei-a. Ao estrondo da porta que caiu só o eco respondeu nas salas. Todas as janelas estavam fechadas e contudo era dia claro fora. Tudo estava escuro: nem uma lamparina acesa. Caminhei tateando até a sala do pintor. Cheguei lá – abri as janelas e a luz do dia derramou-se na sala deserta. Cheguei então ao quarto de Nauza – abri a porta e um bafo pestilento corria daí. O raio da luz bateu em uma mesa. – Junto estava uma forma de mulher com a face na mesa, e os cabelos caídos: atirado numa poltrona um vulto coberto com um capote. Entre eles um copo onde se depositara um resíduo polvilhento. Ao pé estava um frasco vazio. Depois eu o soube – a velha da cabana era uma mulher que vendia veneno: era ela decerto que o vendera, porque o pó branco do copo parecia sê-lo...

Ergui os cabelos da mulher, levantei-lhe a cabeça... Era Nauza, mas Nauza cadáver, já desbotada pela podridão. Não era aquela estátua alvíssima de outrora, as faces macias e colo de neve... Era um corpo amarelo... Levantei uma ponta da capa do outro – o corpo caiu de bruços com a cabeça para baixo – ressoou no pavimento o estalo do crânio... Era o velho – morto também e roxo e apodrecido: eu o vi – da boca lhe corria uma escuma esverdeada.

V

Claudius Hermann

...Ecstazy!
My pulse, as yours, doth temperately keep time,
And makes as healthful music: it is not madness
*That I have utter'd.**

Shakespeare, Hamlet

– E tu, Hermann! Chegou a tua vez. Um por um evocamos ao cemitério do passado um cadáver. Um por um erguemo-lhe o sudário para amostrar-lhe uma nódoa de sangue. Fala que chegou tua vez.

– Claudius sonha algum soneto ao jeito do Petrarca, alguma auréola de pureza como a dos espíritos puros da *Messiada!* – disse entre uma fumaça e uma gargalhada Johann, erguendo a cabeça da mesa.

– Pois bem! quereis um história? Eu pudera contá-las, como vós, loucuras de noites de orgia – mas para quê? Fora escárnio Fausto ir lembrar a Mefistófeles as horas de perdição que lidou com ele. Sabei-las todas essas minhas nuvens do passado, lestes-lo à farta o livro desbotado de minha existência libertina. Se o não lembrásseis, a primeira mulher

* Êxtase! / Meu pulso, como o seu, sobriamente mantém o tempo, / E o faz como música salubre. Não é a loucura / O que tenho proferido.

das ruas pudera contá-lo. Nessa torrente negra que se chama a vida, e que corre para o passado enquanto nós caminhamos para o futuro, também desfolhei muitas crenças, e lancei despidas as minhas roupas mais perfumadas para trajar a túnica da Saturnal! O passado é o que foi, é a flor que murchou, o sol que se apagou, o cadáver que apodreceu. Lágrimas a ele? fora loucura! Que durma, e que durma com suas lembranças negras! revivam: acordem apenas os miosótis abertos, naquele pântano! sobreágue naquele não ser o eflúvio de alguma lembrança pura!

– Bravo! Bravíssimo! Claudius, estás completamente bêbedo! bofé que estás romântico!

– Silêncio, Bertram! certo que esta não é uma lenda para inscrever-se após das vossas: uma dessas coisas que se contem com os cotovelos na toalha vermelha, e os lábios borrifados de vinho e saciados de beijos... Mas que importa?

Vós todos, que amais o jogo, que vistes um dia correr naquele abismo uma onda de ouro – redemoinhar-lhe no fundo, como um mar de esperanças que se embate na ressaca do acaso, sabeis melhor que vertigem nos tonteia então: ideais melhor a loucura que nos delira naqueles jogos de milhares de homens, onde fortuna, aspirações, a vida mesma vão-se na rapidez de uma corrida, onde todo esse complexo de misérias e desejos, de crimes e virtudes que se chama a existência se joga numa parelha de cavalos!

Apostei como homem a quem não doera empobrecer: o luxo também sacia, e é essa uma saciedade terrível! para ela nada basta: nem as danças do Oriente, nem as lupercais romanas, nem os incêndios de uma cidade inteira lhe alimentariam a seiva de morte, essa *vitalidade do veneno* – de que fala Byron. Meu lance no *turf* foi minha fortuna inteira. Eu era rico, muito rico então: em Londres ninguém ostentava mais dispendiosas devassidões: nenhum nababo numa noite esperdiçava somas como eu. O suor de três gerações derramava-o eu no leito das perdidas, e no chão das minhas orgias.

No instante em que as corridas iam começar, em que todos sentiam-se febris de impaciência – um murmúrio correu pelas multidões – um sorriso – e depois eram as frontes que se expandiam – e depois uma mulher passou a cavalo.

Vísseis-la como eu – no cavalo negro, com as roupas de veludo, as faces vivas, o olhar ardente entre o desdém dos cílios, transluzindo a rainha em todo aquele ademã soberbo: vísseis-la bela na sua beleza plástica e harmônica, linda nas suas cores puras e acetinadas, nos cabelos negros, e a tez branca da fronte; o oval das faces coradas, o fogo de nácar dos lábios finos, o esmero do colo ressaltando nas roupas de amazona: vísseis-la assim, e à fé, senhores, que não havíeis rir de escárnio como rides agora!

– Romantismo! deves estar muito ébrio, Claudius, para que nos teus lábios secos de Lovelace e na tua insensibilidade de D. Juan venha a poesia ainda passar-te um beijo!

– Ride, sim! misérrimos! que não compreendeis o que porventura vai de incêndio por aqueles lábios de Lovelace e como arqueja o amor sob as roupas gotejantes de chuvas de D. Juan – o libertino! Insano, que nunca sonhastes Lovelace sem sua máscara talvez chorando Clarisse Harlowe, pobre anjo, cujas asas brancas ele ia desbotar maldizendo essa fatalidade que faz do amor uma infâmia e um crime. Mil vezes insanos que nunca sonhastes o Espanhol acordando no lupanar, passando a mão pela fronte, e rugindo de remorso e saudade ao lembrar tantas visões alvas do passado!

– Bravo! bravo!

– Poesia! poesia! – murmurou Bertram.

– Poesia! por que pronunciar-lhe à virgem casta o nome santo como um mistério, no lodo escuro da taverna? Por que lembrá-la a estrela do amor à luz do lampião da crápula? Poesia! sabeis o que é a poesia?

– Meio cento de palavras sonoras e vãs que um pugilo de homens pálidos entende, uma escada de sons e harmonias que àquelas almas loucas parecem ideias e lhes despertam ilusões como a lua as sombras... Isto no que se chama os poetas. Agora, no ideal, na mulher, o ressaibo do último romance, o delírio e a paixão da última heroína de novela, e o presente incerto e vago de um gozo místico, pelo qual a virgem morre de volúpia, sem saber por quê...

– Silêncio, Bertram! teu cérebro queimaram-to os vinhos, como a lava de um vulcão as relvas e flores da campina. Silêncio! és como essas plantas que nascem e mergulham no mar morto: cobre-as uma cristalização calcária, enfezam-se e mirram. A poesia, eu t'o direi também por minha vez, é o voo das aves da manhã no banho morno das nuvens vermelhas da madrugada, é o cervo que se rola no orvalho da montanha relvosa, que se esquece da morte de amanhã, da agonia de ontem em seu leito de flores!

– Basta, Claudius: que isso que aí dizes ninguém o entende: são palavras, palavras e palavras, como o disse Hamlet: e tudo isso é inanido e vazio como uma caveira seca, mentiroso como os vapores infectos da terra que o sol no crepúsculo irisa de mil cores, e que se chamam as nuvens, ou essa fada zombadora e nevoenta que se chama a poesia!

– À história! à história! Claudius, não vês que essa discussão nos faz bocejar de tédio?

– Pois bem, contarei o resto da história. No fim desse dia eu tinha dobrado minha fortuna.

No dia seguinte eu a vi: era no teatro. Não sei o que representaram; não sei o que ouvi, nem o que vi; sei só que lá estava uma mulher – bela como tudo quanto passa mais puro à concepção do estatuário. Essa mulher era a duquesa Eleonora... No outro dia vi-a num baile... Depois... Fora longo dizer-vos: seis meses! concebeis? seis meses de agonia e desejo anelante – seis meses de amor com a sede da fera! seis meses! como foram longos!

Um dia achei que era demais. Todo esse tempo havia passado em contemplação – em vê-la, amá-la e sonhá-la: apertei minhas mãos jurando que isso não iria além – que era muito esperar em vão: e que se ela viria como Gulnare aos pés do Corsário, a ele cabia ir ter com ela.

Uma noite tudo dormia no palácio do duque. A duquesa, cansada do baile, adormecia num divã. A lâmpada de alabastro estremecia-lhe sua luz dourada na testa pálida. Parecia uma fada que dormia ao luar...

O reposteiro do quarto agitou-se: um homem aí estava parado, absorto. Tinha a cabeça tão quente e febril e ele a repousava no portal.

A fraqueza era covarde: e demais, esse homem comprara uma chave e uma hora à infâmia venal de um criado; esse homem jurava que nessa noite gozaria aquela mulher: fosse embora veneno, ele beberia o mel daquela flor, o licor de escarlate daquela taça. Quanto a esses prejuízos de honra e adultério, não riais deles – não que ele ria disso. Amava e queria: a sua vontade era como a folha de um punhal – ferir ou estalar.

Na mesa havia um copo e um frasco de vinho: encheu o copo: era vinho espanhol – ... Chegou-se a ela, ergueu-a com suas roupas de veludo desatadas, seus cabelos a meio soltos ainda entremeados de pedraria e flores, seus seios meio nus, onde os diamantes brilhavam como gotas de orvalho – ergueu-a nos braços; deu-lhe um beijo. Ao calor daquele beijo, seminua, ela acordou; entre os vagos sonhos se lhe perdia uma ilusão talvez; murmurou – "amor!" e com olhos entreabertos deixou cair a cabeça e adormeceu de novo.

O homem tirou do seio um frasquinho de esmeralda.

Levou-o aos lábios entreabertos dela: e verteu-lhe algumas gotas que ela absorveu sem senti-las. Deitou-a e esperou. Daí a instantes o sono dela era profundíssimo... A bebida era um narcótico onde se misturaram algumas gotas daqueles licores excitantes que acordam a febre nas faces e o desejo voluptuoso no seio.

O homem estava de joelhos: o seu peito tremia, e ele estava pálido como após de uma longa noite sensual. Tudo parecia vacilhar-lhe em torno... Ela estava nua: nem veludo, nem véu leve a encobria: – O homem ergueu-se, afastou o cortinado.

A lâmpada brilhou com mais força – e apagou-se...

O homem era Claudius Hermann.

Quando me levantei, embucei-me na capa e saí pelas ruas. Queria ir ter a meu palácio, mas estava tonto como um ébrio. Titubeava e o chão era lúbrico como para quem desmaia. Uma ideia contudo me perseguia. Depois daquela mulher nada houvera mais para mim. Quem uma vez bebeu o suco das uvas purpurinas do paraíso, mais nunca deve inebriar-se do néctar da terra... Quando o mel se esgotasse, o que restava a não ser o suicídio?

Uma semana se passou assim: todas as noites eu bebia nos lábios à dormida um século de gozo. Um mês! o mês em que delirantes iam os bailes do entrudo, em que mais cheia de febre ela adormecia quente, com as faces em fogo!

Uma noite – era depois de um baile – eu esperei-a na alcova, escondido atrás do seu leito. No copo cheio d'água que estava junto à sua cabeceira derramara as últimas gotas do filtro, quando entrou ela com o Duque.

Era ele um belo moço! Antes de deixá-la passou-lhe as duas mãos pelas fontes e deu-lhe um beijo. Embevecido daquele beijo, o anjo pendeu a cabeça no ombro dele, e enlaçou-o com seus braços nus, reluzentes das pulseiras de pedraria. O duque teve sede, pegou no copo da duquesa, bebeu algumas gotas; ela tomou-lhe o copo – bebeu o resto. Eu os vi assim: aquele esposo ainda tão moço, aquela mulher

– ah! e tão bela!... de tez ainda virgem – e apertei o punhal...

– Virás hoje, Maffio? – disse ela.

– Sim, minh'alma.

Um beijo sussurrou, e afogou as duas almas. E eu na sombra sorri, porque sabia que ele não havia de vir.

Ele saiu, ela começou a despir-se. Eu vi uma por uma caírem as roupas brilhantes, as flores e as joias – desatarem-se-lhe as tranças luzidias e negras – e depois aparecia no véu branco do roupão transparente como as estátuas de ninfas meio nuas, com as formas desenhadas pela túnica repassada da água do banho.

O que vi – foi o que sonhara e muito, o que vós todos, pobres insanos, idealizastes um dia como a visão dos amores sobre o corpo da vendida! Eram os seios alvos e velados de azul, trêmulos de desejo, a cabeça perdida entre a chuva de cabelos negros – os lábios arquejantes – o corpo todo palpitante – era a languidez do desalinho, quando o corpo da beleza mais se enche de beleza, e como uma rosa que abre molhada de sereno, mais se expande, mais patenteia suas cores.

O narcótico era fortíssimo: uma sofreguidão febril lhe abria os beiços: extenuada e lânguida, caída no leito, com as pálpebras pálidas, os braços soltos e sem força – parecia beijar uma sombra.

Ergui-a do leito, carreguei-a com suas roupas diáfanas, suas formas cetinosas, os cabelos soltos úmidos ainda de perfume, seus seios ainda quentes...

Corri com ela pelos corredores desertos, passei pelo pátio – a última porta estava cerrada: abri-a.

Na rua estava um carro de viagem: os cavalos nitriam e escumavam de impaciência. Entrei com ela dentro do carro. Partimos.

Era tempo. Uma hora depois amanhecia.

Breve estivemos fora da cidade.

A madrugada aí vinha com seus vapores, seus rosais borrifados de orvalho, suas nuvens aveludadas, e as águas salpicadas de ouro e vermelhidão. A natureza corava ao primeiro beijo do sol, como branca donzela ao primeiro beijo do noivo: não como amante afanada de noite voluptuosa como a pintou o paganismo; antes como virgem acordada do sono infantil, meio ajoelhada ante Deus; que ora e murmura suas orações balsâmicas – ao céu que se azula – à terra que cintila – às águas que se douram. Essa madrugada baixava à terra como o bafo de Deus: e entre aquela luz e aquele ar fresco a duquesa dormia – pálida como os sonos daquelas criaturas místicas das iluminadas da Idade Média – bela como a Vênus dormida do Ticiano, e voluptuosa como uma das amásias do Veroneso.

Beijei-a: eu sentia a vida que se me evaporava nos seus lábios. Ela sobressaltou-se – entreabriu os olhos; mas o peso do sono ainda a acabrunhava, e as pálpebras descoradas se fecharam...

A carruagem corria sempre.

O sol estava a prumo no céu – era meio-dia: o calor abafava: pela fronte, pelas faces, pelo colo da duquesa rolavam gotas de suor como aljôfares de um colar roto... Paramos numa estalagem: lancei-lhe sobre a face um véu, tomei-a nos meus braços, e levei-a a um aposento.

Ela devia ser muito bela assim! os criados paravam nos corredores: era assombro de tanta beleza, mais ainda que curiosidade indiscreta.

A dona da casa chegou-se a mim.

– Senhor, vossa esposa ou irmã, quem quer que ela seja, de certo precisará de uma criada que a sirva...

– Deixai-me: ela dorme.

Foi essa a minha única resposta.

Deitei-a no leito: corri os cortinados, cerrei as janelas para que a luz lhe não turbasse o sono. Não havia ali ninguém que nos visse; estávamos sós, o homem e seu anjo, e a criatura da terra ajoelhou-se ao pé do leito da criatura do céu.

Não sei quanto tempo correu assim: não sei se dormia, mas sei que sonhava muito amor e muita esperança: não sei se velava, mas eu a via sempre ali, eu lhe contemplava cada movimento gracioso do dormir: eu estremecia a cada alento que lhe tremia os seios – e tudo me parecia um sonho – um desses sonhos a que a alma se abandona como um cisne, que modorra, ao som das águas... Não sei quanto tempo correu assim: sei só que o meu delíquio quebrou-se: a duquesa estava sentada sobre o leito: com os braços nus afastava as ondas do cabelo solto que lhe cobria o rosto e o colo.

– É um sonho? – murmurou. – Onde estou eu? Quem é esse homem encostado em meu leito?

O homem não respondeu.

Ela desceu da cama: seu primeiro impulso foi o pudor: quis encobrir com as mãozinhas os seios palpitantes de susto. Sentiu-se quase nua, exposta às vistas de um estranho, e tremia como contam os poetas que tremera Diana ao ver-se exposta, no banho, nua às vistas de Acteon.

– Senhor, dizei-me por compaixão, se tudo isso não é uma ilusão... se não fora uma infâmia! Nem quero pensá-lo. Maffio não deve tardar, não é assim? O meu Maffio!... Tudo isso é uma comédia... Mas que alcova é esta? Eu adormeci no meu palácio... como despertei numa sala desconhecida? Dizei, tudo isso é um brinco de Maffio? quer se rir de mim?... Mas, vede, vede, eu tremo, tenho medo.

O homem não respondia: tinha os olhos a fito naquela forma divina: seria a estátua da paixão na palidez, no olhar imóvel, nos lábios sedentos, se o arfar do peito lhe não denunciasse a vida.

Ela ajoelhou-se: nem sei o que ela dizia. Não sei que palavras se evaporaram daqueles lábios: eram perfumes, porque as rosas do céu só têm perfumes; eram harmonias, porque as harpas do céu só têm harmonias; e o lábio da mulher bela é uma rosa divina, e seu coração é uma harpa do céu. Eu a escutava, mas não a entendia: sentia só que aquelas falas eram muito doces, que aquela voz tinha um talismã irresistível para minh'alma, porque só nos meus sonhos de infante que se ilude de amores, uma voz assim me passara. Os gemidos de duas virgens abrasadas no céu, douradas da luz da face de Deus, empalidecidas pelos beijos mais puros, pelo tremuloso dos abraços mais palpitantes – não seriam tão suaves assim!

A moça chorava, soluçava: por fim ela ergueu-se.

Eu a vi correr à janela, ia abri-la... Eu corri a ela e tomei-a pelas mãos...

– Pois bem – disse ela – eu gritarei... se não for um deserto, se alguém passar por aqui... talvez me acudam... Socor...

Eu tapei-lhe a boca com as mãos...

– Silêncio, senhora!

Ela lutava para livrar-se de minhas mãos: por fim sentiu-se enfraquecida. Eu soltei-a de pena dela.

– Então, dizei-me onde estou – dizei-m'o, ou eu chamarei por socorro...

– Não gritareis, senhora!

– Por compaixão então esclarecei-me nesta dúvida: por que tudo isso que eu vejo? Tudo o que penso, o que adivinho é muito horrível!

– Escutai, pois – disse-lhe eu. – Havia uma mulher... era um anjo. Havia um homem que a amava, como as águas amam a lua que as prateia, como as águias da montanha o sol que as fita, que as enche de luz e de amor. Nem sei quem ele era: ergueu-se um dia de uma vida de febre, esqueceu-a; e esqueceu o passado, diante de uns olhos transparentes de mulher, as manchas de sua história, numa aurora de gozos, onde se lhe desenhava a sombra desse anjo... Escutai: não o amaldiçoeis! Esse homem tinha muita infâmia no passado: profanara sua mocidade – prostituíra-a – como a borboleta de ouro a sua geração, lançando-a no lodo: frio, sem crenças, sem esperanças, abafara uma por uma suas ilusões, como a infanticida seus filhos... Deus o tinha amaldiçoado talvez! ou ele mesmo se amaldiçoara... Esquecera que era homem, e tinha no seu peito harmonias santas como as do poeta... Ele as esquecera, e elas dormiam-lhe no mistério como os suspiros nas cordas de uma guitarra abandonada. Esquecera que a natureza era bela e muito bela, que o leito das flores da noite era recendente, que a lua era a lâmpada dos amores, as aragens do vale, os perfumes do poeta no seu noivado com os anjos, e que a aurora tinha eflúvios frescos... e com suas nuvens virginais, suas folhas molhadas de orvalho, suas águas nevoentas tinha encantos que só as almas puras entendem! Tudo isso enjeitou, esqueceu... para só lembrar a furto e com escárnio nas horas suarentas da devassidão... Ele era muito infame!

– Mas tudo isso não me diz quem sois vós... nem por que estou aqui...

– Escutai. – O libertino amou pois o anjo, voltou o rosto ao passado, despiu-se dele como de um manto impuro. Retemperou-se no fogo do sentimento, apurou-se na virgindade daquela visão – porque ela era bela como uma virgem, e refletia essa luz virgem do espírito, nesse brilho d'alma divina que alumia as formas – que não são da terra, mas do céu. Ainda o tempo não eivara o coração do insano de uma lepra sem cura: nem selo inextinguível lhe gravara na fronte – *impureza!* Deixou-se do viver que levara, desconheceu seus companheiros, suas amantes venais, suas insônias cheias de febre: quis apagar todo o gosto da existência, como o homem que perdeu uma fortuna inteira no jogo quer esquecer a realidade.

E o homem pôde esquecer tudo isto. Mas ele não era ainda feliz. As noites passava-as ao redor do palácio dela, via-a às vezes bela e descorada ao luar, no terraço deserto, ou distinguia suas formas na sombra que passava pelas cortinas da janela aberta de seu quarto iluminado. Nos bailes seguia com olhares de inveja aquele corpo que palpitava nas danças. No teatro, entre o arfar das ondas da harmonia, quando o êxtase boiava naquele ambiente balsâmico e luminoso, ele nada via senão ela – e só ela! E as horas de seu leito – suas horas de sono não, que mal as dormia às vezes – eram longas de impaciência e insônia, outras vezes eram curtas de sonhos ardentes! O pobre insano teve um dia uma ideia; era negra sim, mas era a da ventura. O que fez não sei: nem o sabereis nunca. E depois bastante ébrio para vos sonhar, bastante louco para nos sonhos de fogo de seu delírio imaginar gozar-vos, foi profano assaz para roubar a um templo o cibório de ouro mais puro. Esse homem – tende compaixão dele, que ele vos amará de joelhos... ó anjo, Eleonora...

– Meu Deus! meu Deus! por que tanta infâmia, tanto lodo sobre mim? Ó minha Madona! por que maldissestes minha vida, por que deixastes cair na minha cabeça uma nódoa tão negra?

As lágrimas, os soluços abafam-lhe a voz.

– Perdoai-me, senhora, aqui me tendes a vossos pés! tende pena de mim, que eu sofri muito, que amei-vos, que vos amo muito! Compaixão! que serei vosso escravo, beijarei vossas plantas – ajoelhar-me-ei à noite à vossa porta, ouvirei vosso ressonar, vossas orações, vossos sonhos – e isso me bastará. – Serei vosso escravo e vosso cão, deitar-me-ei a vossos pés quando estiverdes acordada, velarei com meu punhal quando a noite cair: e se algum dia, se algum dia vós me puderdes amar – então! então!...

– Oh! deixai-me! deixai-me!...

– Eleonora! Eleonora! Perder noites e noites numa esperança! Alentá-la no peito como uma flor que murcha de frio – alentá-la, revivê-la cada dia – para vê-la desfolhada sobre meu rosto! Absorver-me em amor e só ter irrisão e escárnio! Dizei antes ao pintor que rasgue sua Madona, ao escultor que despedace a sua estátua de mulher.

Louca, pobre louca que sois! credes que um homem havia de encarnar um pensamento em sua alma, viver desse cancro, embeber-se da vitalidade da dor, para depois rasgá-lo do seio? Credes que ele consentiria que se lhe pisasse no coração, que lhe arrancassem a ele, poeta e amante, a coroa de ilusões – as flores uma por uma? que pela noite da desgraça, ao amor insano de uma mãe lhe sufocassem sobre o seio a criatura de seu sangue, o filho de sua vida, a esperança de suas esperanças?

– Oh! e não tereis vós também dó de mim? Não sabeis-lo? isto é infame! sou uma pobre mulher. De joelhos eu vos peço perdão se vos ofendi... Eu vo-lo peço, deixai-me! que me importam vossos sonhos, vosso amor!

Doía-me profundamente aquela dor, aquelas lágrimas que queimavam. Mas minha vontade fez-se rija e férrea como a fatalidade.

– Que te importam meus sonhos, que te importam meus amores? Sim, tens razão! Que importa à água do deserto, à gazela do areal que o árabe tenha sede ou que o leão tenha fome? Mas a sede e a fome são fatais. O amor é como eles: – entendes-me agora?

– Matai-me então! Não tereis um punhal! Uma punhalada pelo amor de Deus! Eu juro, eu vos abençoarei...

– Morrer! e pensas no morrer! Insensata! – Descer do leito morno do amor à pedra fria dos mortos! Nem sabes o que dizes. Sabes o que é essa palavra – morrer? É a dúvida que afana a existência: é a dúvida, o pressentimento que resfria a fronte do suicida, que lhe passa nos cabelos como um vento de inverno, e nos empalidece a cabeça como Hamlet! Morrer! é a cessação de todos os sonhos, de todas as palpitações do peito, de todas as esperanças! É estar peito a peito com nossos antigos amores e não senti-los! Doida! é um noivado medonho o do verme: um lençol bem negro, o da mortalha! Não faleis nisso; por que lembrar o coveiro junto ao leito da vida? Põe a mão no teu coração – bate e bate com força, como o feto nas entranhas de sua mãe. Há aí dentro muita vida ainda: muito amor por amor, muito fogo por viver! Oh! se tu quisesses amar-me!

Ela escondeu a cabeça nas mãos e soluçou.

– É impossível: eu não posso amar-vos!

Eu disse-lhe:

– Eleonora, ouve-me: deixo-te só; velarei contudo sobre ti daquela porta. Resolve-te: seja uma decisão firme sim, mas pensada. Lembra-te que hoje não poderás voltar ao mundo: o duque Maffio seria o primeiro que fugiria de ti: a torpeza do adultério senti-la-ia ele nas tuas faces: creria roçar na tua boca a umidade de um beijo de estranho. E ele te amaldiçoaria! Vê: além a maldição e o escárnio: a irrisão das outras mulheres, a zombaria vingativa daqueles que te amaram e que não amaste. Quando entrares, dir-se-á: ei-la! arrependeu-se! o marido – pobre dele! perdoou-a... As mães te esconderão suas filhas – as esposas honestas terão pejo de tocar-te... E aqui, Eleonora, aqui terás meu peito e meu amor – uma vida só para ti: um homem que só pensará em ti e sonhará sempre contigo; um homem cujo mundo serás tu, serão teus risos, teus olhares, teus amores: que se esquecerá de *ontem* e de *amanhã* para fazer como um Deus de ti a sua Eternidade. Pensa, Eleonora! se quisesses, partiríamos hoje: uma vida de venturas nos espera. Sou muito rico, bastante para adornar-te como uma rainha. Correremos a Europa, iremos ver a França com seu luxo, a Espanha, onde o clima convida ao amor, onde as tardes se embalsamam nos laranjais em flor, onde as campinas se aveludam e se matizam de mil flores – iremos à Itália, a tua pátria – e no teu céu azul, nas tuas noites límpidas, nos teus crepúsculos suavíssimos viver de novo ao sol meridional!... Se quiseres... senão seria horrível... não sei o que aconteceria: mas quem entrasse neste quarto levaria os pés ensopados de sangue...

Saí: duas horas depois voltei.

– Pensaste, Eleonora?

Ela não respondeu. Estava deitada com o rosto entre as mãos. À minha voz ergueu-se. Havia um papel molhado de suas lágrimas sobre o leito. Estendi a mão para tomá-lo – ela entregou-m'o.

Eram uns versos meus. – Olhei para a mesa, minha carteira de viagem, que eu trouxera do carro, estava aberta, os papéis eram revoltos. Os versos eram estes.

Claudius tirou do bolso um papel amarelado e amarrotado: atirou-o na mesa. Johann leu:

Não me odeies, mulher, se no passado
Nódoa sombria desbotou-me a vida:
No vício ardente requeimando os lábios
E de tudo descri com fronte erguida.

A masc'ra de Don Juan queimou-me o rosto
Na fria palidez do libertino:
Desbotou-me esse olhar – e os lábios frios
Ousam de maldizer do meu destino.

Sim! longas noites no fervor do jogo
Esperdicei febril e macilento:
E votei o porvir ao Deus do acaso
E o amor profanei no esquecimento!

Murchei no escárnio as coroas do poeta
Na ironia da glória e dos amores:
Aos vapores do vinho, à noite insano
Debrucei-me do jogo nos fervores!

A flor da mocidade profanei-a
Entre as águas lodosas do passado...
No crânio a febre, a palidez nas faces
Só cria no sepulcro sossegado!

E asas límpidas do anjo em colo impuro
Mareei – nos bafos da mulher vendida:
Inda nos lábios me roxeia o seio
Dos ósculos da perdida.

E a mirra das canções nem mais vapora
Em profanada taça eivada e negra:

Mar de lodo passou-me ao rio d'alma
As níveas flores me estalou das bordas.
Sonho de glórias só me passa a furto
Qual flor aberta a medo em chão de tumbas
– Abatida e sem cheiro ...

O meu amor... o peito o silencia:
Guardo-o bem fundo – em sombras do sacrário.
Onde ervaçal não se abastou nos ermos.
Meu amor... foi visão de roupas brancas
Da orgia à porta, fria e soluçando:
Lâmpada santa erguida em leito infame:
Vaso templário da taverna à mesa:
Estrela d'alva refletindo pálida
No tremedal do crime.

Como o leproso das cidades velhas
Sei me fugiras com horror aos beijos:
Sei, no doido viver nos loucos anos
As crenças desflorei em negra insânia:
– Vestal, prostituí as formas virgens
– Lancei eu próprio ao mar da c'roa as folhas,
– Troquei a rósea túnica da infância
Pelo manto das orgias.

Oh! não me ames sequer! Pois bem! um dia
Talvez diga o Senhor ao pobre Lázaro:
Ergue-te – aí do lupanar da morte,
Revive ao fresco do viver mais puro!
E viverei de novo: a mariposa
Sacode as asas, estremece-as, brilha.
Despindo a negra tez, a bava imunda
Da larva desbotada.

Então, mulher – acordarei: do lodo,
Onde Satan se pernoitou comigo,
Onde inda morno perfumou seu molde
Cetinosa nudez de formas níveas.
E a loira meretriz nos seios brancos
Deitou-me a fronte lívida, na insônia
Quedou-me a febre da volúpia à sede
Sobre os beijos vendidos.

E então acordarei ao sol mais puro,
Cheirosa a fronte às auras da esperança!
Lavarei-me da fé nas águas d'ouro
De Madalena em lágrimas – e ao anjo
Talvez que Deus me dê, curvado e mudo,
Nos eflúvios do amor libar um beijo,
Morrer nos lábios dele!

Ela calou-se: chorava e gemia.

Acerquei-me dela: ajoelhei-me como ante Deus.

– Eleonora – sim ou não?

Ela voltou o rosto para o outro lado, quis falar – interrompia-se a cada sílaba.

– Esperai, deixai que ore um pouco: a Madona talvez me perdoe.

Esperava eu sempre. – Ela ajoelhou-se.

– Agora... – disse ela erguendo-se e estendendo-me a sua mão.

– Então?

– Irei contigo.

E desmaiou.

Aqui parou a história de Claudius Hermann.

Ele abaixou a cabeça na mesa, não falou mais.

– Dormes, Claudius? Por Deus! ou está bêbedo ou morto!

Era Archibald que o interpelava: sacudia-o a toda a força.

Claudius levantou um pouco a cabeça, estava macilento: tinha os olhos fundos numa sombra negra.

– Deixai-me, amaldiçoados! deixai-me pelo céu ou pelo inferno! Não vedes que tenho sono – sono e muito sono?

– E a história, a história? – bradou Solfieri.

– E a duquesa Eleonora? – perguntou Archibald.

– É verdade... a história. Parece-me que olvidei tudo isso. Parece que foi um sonho!

– E a Duquesa?

– A Duquesa?... Parece-me que ouvi esse nome alguma vez... Com os diabos, que me importa?

Aí quis prosseguir: mas uma força invencível o prendia.

– A Duquesa... é verdade! Mas como esqueci tudo isso que não me lembro!... Tirai-me da cabeça esse peso... Bofé que encheram-me o crânio de chumbo derretido!... e ele batia na cabeça macilenta como um médico no peito do agonizante para encontrar um eco de vida.

– Então?

– Ah! ah! ah! – gargalhou alguém que tinha ficado estranho à conversa.

– Arnold! cala-te!

– Cala-te antes, Solfieri! eu contarei o fim da história.

Era Arnold – o loiro, que acordava.

– Escutai vós todos – disse. – Um dia Claudius entrou em casa. Encontrou o leito ensopado de sangue: e num recanto escuro da alcova um doido abraçado com um cadáver. O cadáver era o de Eleonora: o doido nem o pudéreis conhecer tanto a agonia o desfigurara. Era uma cabeça hirta e desgrenhada, uma tez esverdeada, uns olhos fundos e baços onde o lume da insânia cintilava a furto como a emanação luminosa dos pauis entre as trevas...

Mas ele o conheceu... era o Duque Maffio...

Claudius soltou uma gargalhada. – Era sombria como a insânia – fria como a espada do anjo das trevas. Caiu ao chão: lívido e suarento como a agonia: inteiriçado como a morte...

Estava ébrio como o defunto patriarca Noé, o primeiro amante da vinha, virgem desconhecida, até então, e hoje prostituta de todas as bocas... ébrio como Noé, o primeiro borracho de que reza a história! Dormia pesado e fundo como o apóstolo S. Pedro no Horto das Oliveiras... O caso é que ambos tinham ceado à noite...

Arnold estendeu a capa no chão, e deitou-se sobre ela.

Daí a alguns instantes os seus roncos de barítono se mesclavam ao magno concerto dos roncos dos dormidos...

VI

Johann

Pour quoi? c'est que mon coeur au milieu des délices
D'un souvenir jaloux constamment oppressé
Froid au bonheur présent va chercher ses supplices
*Dans l'avenir et le passe.**

Alexandre Dumas

– Agora a minha vez! Quero lançar também uma moeda em vossa urna: é o cobre azinhavrado do mendigo: pobre esmola por certo!

Era em Paris, num bilhar. Não sei se o fogo do jogo me arrebatara, ou se o *kirsch* e o *curaçau* me queimaram demais as ideias... Jogava contra mim um moço: chamava-se Artur.

Era uma figura loira e mimosa como a de uma donzela. Rosa infantil lhe avermelhava as faces, mas era uma rosa de cor desfeita. Leve buço lhe sombreava o lábio, e pelo oval do rosto uma penugem dourada lhe assomava como a felpa que rebuça o pêssego.

Faltava um ponto a meu adversário para ganhar. A mim, faltavam-me não sei quantos: sei só que eram muitos e pois requeria-se um grande sangue-frio, e muito esmero no jogar.

---

* Por quê? é que meu coração em meio às delícias / De uma lembrança ciumenta, constantemente oprimida / Fria na felicidade presente vai procurar seus suplícios / No futuro e no passado.

Soltei a bola. Nessa ocasião o bilhar estremeceu... O moço loiro, voluntariamente ou não, se encostara ao bilhar... A bola desviou-se, mudou de rumo: com o desvio dela perdi... A raiva levou-me de vencida. Adiantei-me para ele. A meu olhar ardente o mancebo sacudiu os cabelos loiros e sorriu como de escárnio.

Era demais! Caminhei para ele: ressoou uma bofetada. O moço convulso caminhou para mim com um punhal, mas nossos amigos nos sustiveram.

– Isso é briga de marujo. O duelo, eis a luta dos homens de brio.

O moço rasgou nos dentes uma luva, e atirou-m'a à cara. Era insulto por insulto, lodo por lodo: tinha de ser sangue por sangue.

Meia hora depois tomei-lhe a mão com sangue-frio e disse-lhe no ouvido:

– Vossas armas, senhor?

– Sabê-lo-eis no lugar.

– Vossas testemunhas?

– A noite e minhas armas.

– A hora?

– Já.

– O lugar?

– Vireis comigo... Onde pararmos aí será o lugar...

– Bem, muito bem: estou pronto, vamos.

Dei-lhe o braço e saímos. Ao ver-nos tão frios a conversar creram uma satisfação. Um dos assistentes contudo entendeu-nos.

Chegou a nós e disse:

– Senhores, não há pois meio de conciliar-vos?

Nós sorrimos ambos.

– É uma criançada, tornou ele.

Nós não respondemos.

– Se precisardes de uma testemunha, estou pronto.

Nós nos curvamos ambos.

Ele entendeu-nos: viu que a vontade era firme: afastou-se.

Nós saímos.

Um hotel estava aberto. O moço levou-me para dentro.

– Moro aqui, entrai – disse-me.

Entramos.

– Senhor – disse ele –, não há meio de paz entre nós: um bofetão e uma luva atirada às faces de um homem são nódoas que só o sangue lava. É pois um duelo de morte.

– De morte – repeti como um eco.

– Pois bem: tenho no mundo só duas pessoas – minha mãe e... Esperai um pouco.

O moço pediu papel, pena e tinta. Escreveu: as linhas eram poucas. Acabando a carta deu-m'a a ler.

– Vede, não é uma traição – disse.

– Artur, creio em vós: não quero ler esse papel.

Repeli o papel. Artur fechou a carta, selou o lacre com um anel que trazia no dedo. Ao ver o anel uma lágrima correu-lhe na face e caiu sobre a carta.

– Senhor, sois um homem de honra? Se eu morrer, tomai esse anel: no meu bolso achareis uma carta: entregareis tudo a... Depois dir-vos-ei a quem...

– Estais pronto? – perguntei.

– Ainda não! antes de um de nós morrer é justo que brinde o moribundo ao último crepúsculo da vida. Não sejamos Abissínios: demais, o sol no cinábrio do poente ainda é belo.

O vinho do Reno correu em águas d'ouro nas taças de cristal verde. O moço ergueu-se.

– Senhor, permiti que eu faça uma saúde convosco.

– A quem?

– É um mistério – é uma mulher, e o nome daquela que se apertou uma vez nos lábios, a quem se ama, é um segredo. Não a fareis?

– Seja como quiserdes – disse eu.

Batemos os copos. O moço chegou à janela. Derramou algumas gotas de vinho do Reno à noite. Bebemos.

– Um de nós fez a sua última saúde – disse ele. – Boa-noite para um de nós... bom leito, e sono sossegado para o filho da terra!

Foi a uma secretária, abriu-a: tirou duas pistolas.

– Isto é mais breve – disse ele. – Pela espada é mais longa a agonia. Uma delas está carregada, a outra não. Tirá-las-emos à sorte. Atiraremos a queima-roupa.

– É um assassinato...

– Não dissemos que era um duelo de morte, que um de nós devia morrer?

– Tendes razão. Mas dizei-me: onde iremos?

– Vinde comigo. Na primeira esquina deserta dos arrabaldes. Qualquer canto de rua é bastante sombrio para dois homens dos quais um tem de matar o outro.

À meia-noite estávamos fora da cidade. Ele pôs as duas pistolas no chão.

– Escolhei, mas sem tocá-las.

Escolhi.

– Agora vamos – disse eu.

– Esperai, tenho um pressentimento frio: e uma voz suspirosa me geme no peito. Quero rezar... é uma saudade por minha mãe.

Ajoelhou-se. À vista daquele moço de joelhos – talvez sobre um túmulo – lembrei-me que eu também tinha mãe e uma irmã... e que eu as esquecia. Quanto a amantes, meus amores eram como a sede dos cães das ruas, saciavam-se na água ou na lama... Eu só amara mulheres perdidas.

– É tempo – disse ele.

Caminhamos frente a frente. As pistolas se encostaram nos peitos – as espoletas estalaram: um tiro só estrondou, ele caiu quase morto...

– Tomai – murmurou o moribundo, e acenava-me para o bolso.

Atirei-me a ele. Estava afogado em sangue. Estrebuchou três vezes e ficou frio. Tirei-lhe o anel da mão. – Meti-lhe a mão no bolso como ele dissera. Achei dois bilhetes.

A noite era escura: não pude lê-los.

Voltei à cidade. À luz baça do primeiro lampião vi os dois bilhetes. O primeiro era a carta para sua mãe. O outro estava aberto: li.

"À uma hora da noite na rua de...

"nº 60, 1º andar: acharás a porta aberta.

Tua *G.*"

Não tinha outra assinatura.

Eu não soube o que pensar. Tive uma ideia: era uma infâmia.

Fui à entrevista. Era no escuro. Tinha no dedo o anel que trouxera do morto... Senti uma mãozinha acetinada tomar-me pela mão, subi. A porta fechou-se.

Foi uma noite deliciosa! A amante do loiro – era virgem! Pobre Romeu! Pobre Julieta! Parece que essas duas crianças levavam a noite em beijos infantis e em sonhos puros!

(Johann encheu o copo: bebeu-o, mas estremeceu.)

Quando eu ia sair, topei um vulto à porta.

– Boa-noite, cavalheiro, eu vos esperava há muito. – Essa voz pareceu-me conhecida. Porém eu tinha a cabeça desvairada...

Não respondi: o caso era singular. Continuei a descer: o vulto acompanhou-me. Quando chegamos à porta vi luzir a folha de uma faca. Fiz um movimento e a lâmina resvalou-me no ombro. A luta fez-se terrível na escuridão. Eram dois homens que se não conheciam; que não pensavam talvez terem-se visto um dia à luz, e que não haviam mais ver-se porventura ambos vivos.

O punhal escapou-lhe das mãos, perdeu-se no escuro: subjuguei-o. Era um quadro infernal, um homem na escuridão abafando a boca do outro com a mão, sufocando-lhe a garganta com o joelho, e a outra mão a ratear na sombra procurando um ferro.

Nessa ocasião senti uma dor horrível: frio e dor me correram pela mão. O homem morrera sufocado, e na agonia me enterrara os dentes pela carne. Foi a custo que desprendi a mão sanguenta e descarnada da boca do cadáver. Ergui-me.

Ao sair tropecei num objeto sonoro. Abaixei-me para ver o que era. Era uma lanterna furta-fogo. Quis ver quem era o homem. Ergui a lâmpada...

O último clarão dela banhou a cabeça do defunto... e apagou-se...

Eu não podia crer: era um sonho fantástico toda aquela noite. Arrastei o cadáver pelos ombros... levei-o pela laje da calçada até ao lampião da rua, levantei-lhe os cabelos ensanguentados do rosto... (Um espasmo de medo contraiu horrivelmente a face do narrador – tomou o copo, foi beber: os dentes lhe batiam como de frio: o copo estalou-lhe nos lábios.)

Aquele homem – sabei-lo! era do sangue do meu sangue – era filho das entranhas de minha mãe como eu – era meu irmão: uma ideia passou ante meus olhos como um anátema. Subi ansioso ao sobrado. Entrei. A moça desmaiara de susto ouvindo a luta. Tinha a face fria como o mármore. Os seios nus e virgens estavam parados e gélidos como os de uma estátua... A forma de neve eu a sentia meio nua entre os vestidos desfeitos, onde a infâmia asselara a nódoa de uma flor perdida.

Abri a janela – levei-a até aí...

Na verdade que sou um maldito! Olá, Archibald, dai-me um outro copo, enchei-o de *Cognac,* enchei-o até a borda! Vede: sinto frio, muito frio: tremo de calafrios e o suor me corre nas faces! Quero o fogo dos espíritos! a ardência do cérebro ao vapor que tonteia... quero esquecer!

– Que tens, Johann? tiritas como uma velho centenário!

– O que tenho? o que tenho? Não o vedes, pois? Era minha irmã!

VII

Último beijo de amor

*Well Juliet! I shall lie with thee to night!**

Shakespeare – *Romeu e Julieta*

A noite ia alta: a orgia findara. Os convivas dormiam repletos, nas trevas.

Uma luz raiou súbito pelas fisgas da porta. A porta abriu-se. Entrou uma mulher vestida de negro. Era pálida, e a luz de uma lanterna, que trazia erguida na mão, se derramava macilenta nas faces dela e dava-lhe um brilho singular aos olhos. Talvez que um dia fosse uma beleza típica, uma dessas imagens que faz-me descorar de volúpia nos sonhos de mancebo. Mas agora com sua tez lívida, seus olhos acesos, seus lábios roxos, suas mãos de mármore, e a roupagem escura e gotejante da chuva, disséreis antes – o anjo perdido da loucura.

A mulher curvou-se: com a laterna na mão procurava uma por uma entre essas faces dormidas um rosto conhecido.

---

* Bem, Julieta, hei de me deitar com você essa noite!

Quando a luz bateu em Arnold, ajoelhou-se. Quis dar-lhe um beijo – alongou os lábios... Mas uma ideia a susteve. Ergueu-se. Quando chegou a Johann, que dormia, um riso embranqueceu-lhe os beiços: o olhar tornou-se-lhe sombrio.

Abaixou-se junto dele: depôs a lâmpada no chão. O lume baço da lanterna dando nas roupas dela espalhava sombra sobre Johann. A fronte da mulher pendeu – e sua mão passou na garganta dele. – Um soluço rouco e sufocado ofegou daí. A desconhecida levantou-se. Tremia, e ao segurar na lanterna ressoou-lhe na mão um ferro... Era um punhal... Atirou-o no chão. Viu que tinha as mãos vermelhas – enxugou-as nos longos cabelos de Johann...

Voltou a Arnold; sacudiu-o.

– Acorda e levanta-te!

– Que me queres?

– Olha-me: não me conheces?

– Tu! e não é um sonho? És tu! oh! deixa que eu te aperte ainda! Cinco anos sem ver-te! Cinco anos! E como mudaste!

– Sim: já não sou bela como há cinco anos! É verdade, meu loiro amante! É que a flor de beleza é como todas as flores. Alentai-as ao orvalho da virgindade, ao vento da pureza – e serão belas. – Revolvei-as no lodo – e como os frutos que caem, mergulham nas águas do mar, cobrem-se de um invólucro impuro e salobro! Outrora era Giorgia, a virgem: mas hoje é Giorgia, a prostituta!

– Meu Deus! meu Deus!

E o moço sumiu a fronte nas mãos.

– Não me amaldiçoes, não!

– Oh! deixa que me lembre; estes cinco anos que passaram foram um sonho. Aquele homem do bilhar, o duelo a queima-roupa, meu acordar num hospital, essa vida devassa onde me lançou a desesperação, isto é um sonho? Oh! lembremo-nos do passado! Quando o inverno escurece o céu, cerremos os olhos; pobres andorinhas moribundas, lembremo-nos da primavera!...

– Tuas palavras me doem... É um adeus, é um beijo de adeus e separação que venho pedir-te; na terra nosso leito seria impuro, o mundo manchou nossos corpos. O amor do libertino e da prostituta! Satan riria de nós. É no céu, quando o túmulo nos lavar em seu banho, que se levantará nossa manhã de amor...

– Oh! ver-te e para deixar-te ainda uma vez! E não pensaste, Giorgia, que me fora melhor ter morrido devorado pelos cães na rua deserta, onde me levantaram cheio de sangue? Que fora-te melhor assassinar-me no dormir do ébrio, do que apontar-me a estrela errante da ventura e apagar-me a do céu? Não pensaste que, após cinco anos, cinco anos de febre e de insônias, de esperar e desesperar, de vida por ti, de saudades e agonia, fora o inferno ver-te para deixar-te?

– Compaixão, Arnold! É preciso que esse adeus seja longo como a vida. Vês, minha sina é negra: nas minhas lembranças há uma nódoa torpe... Hoje! é o leito venal... Amanhã!... só espero no leito do túmulo! Arnold! Arnold!

– Não me chames Arnold! chama-me Artur como dantes. Artur! não ouves? Chama-me assim! Há tanto tempo que não ouço me chamarem por esse nome!... Eu era um louco! quis afogar meus pensamentos, e vaguei pelas cidades e pelas montanhas deixando em toda a parte lágrimas – nas cavernas solitárias, nos campos silenciosos, e nas mesas molhadas de vinho! Vem, Giorgia! senta-te aqui, senta-te nos meus joelhos – bem conchegada a meu coração... tua cabeça no meu ombro! Vem! um beijo! quero sentir ainda uma vez o perfume que respirava outrora nos teus lábios. – Respire-o eu e morra depois!... Cinco anos! oh! tanto tempo a esperar-te, a desejar uma hora no teu seio!... Depois... escuta... tenho tanto a dizer-te! tantas lágrimas a derramar no teu colo! Vem! e dir-te-ei toda a minha história! minhas ilusões de amante e as noites malditas da crápula, e o tédio que me inspiravam aqueles beiços frios das vendidas que me beijavam! Vem! contar-te-ei tudo isso: dir-te-ei como profanei minha alma, e meu passado: e choraremos juntos – e nossas lágrimas nos lavarão como a chuva lava as folhas do lodo!

– Obrigado, Artur! obrigado!

A mulher sufocava-se nas lágrimas, e o mancebo murmurava entre beijos palavras de amor.

– Escuta, Artur, eu vinha só dizer-te – adeus! – da borda do meu túmulo: e depois contente fecharia eu mesma a porta dele... Artur, eu vou morrer!

Ambos choravam.

– Agora vê – continuou ela. – Acompanha-me: vês aquele homem?

Arnold tomou a lanterna.

– Johann! morto! sangue de Deus! quem o matou?

– Giorgia. Era ele um infame. Foi ele quem deixou por morto um mancebo a quem esbofeteara numa casa de jogo. Giorgia a prostituta vingou nele Giorgia, a virgem. Esse homem foi quem a desonrou! desonrou-a, a ela que era sua irmã!

– Horror! horror!

E o moço virou a cara e cobriu-a com as mãos.

A mulher ajoelhou-se a seus pés.

– E agora adeus! adeus que morro! Não vês que fico lívida, que meus olhos se empanam e tremo... e desfaleço?

– Não! eu não partirei. Se eu vivesse amanhã haveria uma lembrança horrível em meu passado...

– E não tens medo? Olha! é a morte que vem! é a vida que crepuscula em minha fronte. Não vês esse arrepio entre minhas sobrancelhas?...

– E que me importa o sonho da morte? Meu porvir amanhã seria terrível: e à cabeça apodrecida do cadáver não ressoam lembranças; seus lábios gruda-os a morte: a campa é silenciosa. Morrerei!

A mulher recuava... recuava. O moço tomou-a nos braços, pregou os lábios nos dela.... Ela deu um grito, e caiu-lhe das mãos. Era horrível de ver-se. O moço tomou o punhal, fechou os olhos, apertou-o no peito, e caiu sobre ela. Dois gemidos sufocaram-se no estrondo do baque de um corpo...

A lâmpada apagou-se.

Coleção L&PM POCKET

820.**De pernas pro ar** – Eduardo Galeano
821.**Tragédias gregas** – Pascal Thiercy
822.**Existencialismo** – Jacques Colette
823.**Nietzsche** – Jean Granier
824.**Amar ou depender?** – Walter Riso
825.**Darmapada: A doutrina budista em versos**
826.**J'Accuse...! – a verdade em marcha** – Zola
827.**Os crimes ABC** – Agatha Christie
828.**Um gato entre os pombos** – Agatha Christie
831.**Dicionário de teatro** – Luiz Paulo Vasconcellos
832.**Cartas extraviadas** – Martha Medeiros
833.**A longa viagem de prazer** – J. J. Morosoli
834.**Receitas fáceis** – J. A. Pinheiro Machado
835.(14).**Mais fatos & mitos** – Dr. Fernando Lucchese
836.(15).**Boa viagem!** – Dr. Fernando Lucchese
837.**Aline: Finalmente nua!!!** (4) – Adão Iturrusgarai
838.**Mônica tem uma novidade!** – Mauricio de Sousa
839.**Cebolinha em apuros!** – Mauricio de Sousa
840.**Sócios no crime** – Agatha Christie
841.**Bocas do tempo** – Eduardo Galeano
842.**Orgulho e preconceito** – Jane Austen
843.**Impressionismo** – Dominique Lobstein
844.**Escrita chinesa** – Viviane Alleton
845.**Paris: uma história** – Yvan Combeau
846(15).**Van Gogh** – David Haziot
848.**Portal do destino** – Agatha Christie
849.**O futuro de uma ilusão** – Freud
850.**O mal-estar na cultura** – Freud
853.**Um crime adormecido** – Agatha Christie
854.**Satori em Paris** – Jack Kerouac
855.**Medo e delírio em Las Vegas** – Hunter Thompson
856.**Um negócio fracassado e outros contos de humor** – Tchékhov
857.**Mônica está de férias!** – Mauricio de Sousa
858.**De quem é esse coelho?** – Mauricio de Sousa
860.**O mistério Sittaford** – Agatha Christie
861.**Manhã transfigurada** – L. A. de Assis Brasil
862.**Alexandre, o Grande** – Pierre Briant
863.**Jesus** – Charles Perrot
864.**Islã** – Paul Balta
865.**Guerra da Secessão** – Farid Ameur
866.**Um rio que vem da Grécia** – Cláudio Moreno
868.**Assassinato na casa do pastor** – Agatha Christie
869.**Manual do líder** – Napoleão Bonaparte
870(16).**Billie Holiday** – Sylvia Fol
871.**Bidu arrasando!** – Mauricio de Sousa
872.**Os Sousa: Desventuras em família** – Mauricio de Sousa
874.**E no final a morte** – Agatha Christie
875.**Guia prático do Português correto – vol. 4** – Cláudio Moreno
876.**Dilbert (6)** – Scott Adams
877(17).**Leonardo da Vinci** – Sophie Chauveau
878.**Bella Toscana** – Frances Mayes
879.**A arte da ficção** – David Lodge
880.**Striptiras (4)** – Laerte
881.**Skrotinhos** – Angeli
882.**Depois do funeral** – Agatha Christie
883.**Radicci 7** – Iotti
884.**Walden** – H. D. Thoreau
885.**Lincoln** – Allen C. Guelzo
886.**Primeira Guerra Mundial** – Michael Howard
887.**A linha de sombra** – Joseph Conrad
888.**O amor é um cão dos diabos** – Bukowski
890.**Despertar: uma vida de Buda** – Jack Kerouac
891(18).**Albert Einstein** – Laurent Seksik
892.**Hell's Angels** – Hunter Thompson
893.**Ausência na primavera** – Agatha Christie
894.**Dilbert (7)** – Scott Adams
895.**Ao sul de lugar nenhum** – Bukowski
896.**Maquiavel** – Quentin Skinner
897.**Sócrates** – C.C.W. Taylor
899.**O Natal de Poirot** – Agatha Christie
900.**As veias abertas da América Latina** – Eduardo Galeano
901.**Snoopy: Sempre alerta! (10)** – Charles Schulz
902.**Chico Bento: Plantando confusão** – Mauricio de Sousa
903.**Penadinho: Quem é morto sempre aparece** – Mauricio de Sousa
904.**A vida sexual da mulher feia** – Claudia Tajes
905.**100 segredos de liquidificador** – José Antonio Pinheiro Machado
906.**Sexo muito prazer 2** – Laura Meyer da Silva
907.**Os nascimentos** – Eduardo Galeano
908.**As caras e as máscaras** – Eduardo Galeano
909.**O século do vento** – Eduardo Galeano
910.**Poirot perde uma cliente** – Agatha Christie
911.**Cérebro** – Michael O'Shea
912.**O escaravelho de ouro e outras histórias** – Edgar Allan Poe
913.**Piadas para sempre (4)** – Visconde da Casa Verde
914.**100 receitas de massas light** – Helena Tonetto
915(19).**Oscar Wilde** – Daniel Salvatore Schiffer
916.**Uma breve história do mundo** – H. G. Wells
917.**A Casa do Penhasco** – Agatha Christie
919.**John M. Keynes** – Bernard Gazier
920(20).**Virginia Woolf** – Alexandra Lemasson
921.**Peter e Wendy** *seguido de* **Peter Pan em Kensington Gardens** – J. M. Barrie
922.**Aline: numas de colegial (5)** – Adão Iturrusgarai
923.**Uma dose mortal** – Agatha Christie
924.**Os trabalhos de Hércules** – Agatha Christie
926.**Kant** – Roger Scruton
927.**A inocência do Padre Brown** – G.K. Chesterton
928.**Casa Velha** – Machado de Assis
929.**Marcas de nascença** – Nancy Huston
930.**Aulete de bolso**
931.**Hora Zero** – Agatha Christie
932.**Morte na Mesopotâmia** – Agatha Christie
934.**Nem te conto, João** – Dalton Trevisan
935.**As aventuras de Huckleberry Finn** – Mark Twain
936(21).**Marilyn Monroe** – Anne Plantagenet
937.**China moderna** – Rana Mitter
938.**Dinossauros** – David Norman
939.**Louca por homem** – Claudia Tajes
940.**Amores de alto risco** – Walter Riso
941.**Jogo de damas** – David Coimbra
942.**Filha é filha** – Agatha Christie
943.**M ou N?** – Agatha Christie

945.**Bidu: diversão em dobro!** – Mauricio de Sousa
946.**Fogo** – Anaïs Nin
947.**Rum: diário de um jornalista bêbado** – Hunter Thompson
948.**Persuasão** – Jane Austen
949.**Lágrimas na chuva** – Sergio Faraco
950.**Mulheres** – Bukowski
951.**Um pressentimento funesto** – Agatha Christie
952.**Cartas na mesa** – Agatha Christie
954.**O lobo do mar** – Jack London
955.**Os gatos** – Patricia Highsmith
956(22).**Jesus** – Christiane Rancé
957.**História da medicina** – William Bynum
958.**O Morro dos Ventos Uivantes** – Emily Brontë
959.**A filosofia na era trágica dos gregos** – Nietzsche
960.**Os treze problemas** – Agatha Christie
961.**A massagista japonesa** – Moacyr Scliar
963.**Humor do miserê** – Nani
964.**Todo o mundo tem dúvida, inclusive você** – Édison de Oliveira
965.**A dama do Bar Nevada** – Sergio Faraco
969.**O psicopata americano** – Bret Easton Ellis
970.**Ensaios de amor** – Alain de Botton
971.**O grande Gatsby** – F. Scott Fitzgerald
972.**Por que não sou cristão** – Bertrand Russell
973.**A Casa Torta** – Agatha Christie
974.**Encontro com a morte** – Agatha Christie
975(23).**Rimbaud** – Jean-Baptiste Baronian
976.**Cartas na rua** – Bukowski
977.**Memória** – Jonathan K. Foster
978.**A abadia de Northanger** – Jane Austen
979.**As pernas de Úrsula** – Claudia Tajes
980.**Retrato inacabado** – Agatha Christie
981.**Solanin (1)** – Inio Asano
982.**Solanin (2)** – Inio Asano
983.**Aventuras de menino** – Mitsuru Adachi
984(16).**Fatos & mitos sobre sua alimentação** – Dr. Fernando Lucchese
985.**Teoria quântica** – John Polkinghorne
986.**O eterno marido** – Fiódor Dostoiévski
987.**Um safado em Dublin** – J. P. Donleavy
988.**Mirinha** – Dalton Trevisan
989.**Akhenaton e Nefertiti** – Carmen Seganfredo e A. S. Franchini
990.**On the Road – o manuscrito original** – Jack Kerouac
991.**Relatividade** – Russell Stannard
992.**Abaixo de zero** – Bret Easton Ellis
993(24).**Andy Warhol** – Mériam Korichi
995.**Os últimos casos de Miss Marple** – Agatha Christie
996.**Nico Demo: Aí vem encrenca** – Mauricio de Sousa
998.**Rousseau** – Robert Wokler
999.**Noite sem fim** – Agatha Christie
1000.**Diários de Andy Warhol (1)** – Editado por Pat Hackett
1001.**Diários de Andy Warhol (2)** – Editado por Pat Hackett
1002.**Cartier-Bresson: o olhar do século** – Pierre Assouline
1003.**As melhores histórias da mitologia: vol. 1** – A.S. Franchini e Carmen Seganfredo
1004.**As melhores histórias da mitologia: vol. 2** – A.S. Franchini e Carmen Seganfredo
1005.**Assassinato no beco** – Agatha Christie
1006.**Convite para um homicídio** – Agatha Christie
1008.**História da vida** – Michael J. Benton
1009.**Jung** – Anthony Stevens
1010.**Arsène Lupin, ladrão de casaca** – Maurice Leblanc
1011.**Dublinenses** – James Joyce
1012.**120 tirinhas da Turma da Mônica** – Mauricio de Sousa
1013.**Antologia poética** – Fernando Pessoa
1014.**A aventura de um cliente ilustre** *seguido de* **O último adeus de Sherlock Holmes** – Sir Arthur Conan Doyle
1015.**Cenas de Nova York** – Jack Kerouac
1016.**A corista** – Anton Tchékhov
1017.**O diabo** – Leon Tolstói
1018.**Fábulas chinesas** – Sérgio Capparelli e Márcia Schmaltz
1019.**O gato do Brasil** – Sir Arthur Conan Doyle
1020.**Missa do Galo** – Machado de Assis
1021.**O mistério de Marie Rogêt** – Edgar Allan Poe
1022.**A mulher mais linda da cidade** – Bukowski
1023.**O retrato** – Nicolai Gogol
1024.**O conflito** – Agatha Christie
1025.**Os primeiros casos de Poirot** – Agatha Christie
1027(25).**Beethoven** – Bernard Fauconnier
1028.**Platão** – Julia Annas
1029.**Cleo e Daniel** – Roberto Freire
1030.**Til** – José de Alencar
1031.**Viagens na minha terra** – Almeida Garrett
1032.**Profissões para mulheres e outros artigos feministas** – Virginia Woolf
1033.**Mrs. Dalloway** – Virginia Woolf
1034.**O cão da morte** – Agatha Christie
1035.**Tragédia em três atos** – Agatha Christie
1037.**O fantasma da Ópera** – Gaston Leroux
1038.**Evolução** – Brian e Deborah Charlesworth
1039.**Medida por medida** – Shakespeare
1040.**Razão e sentimento** – Jane Austen
1041.**A obra-prima ignorada** *seguido de* **Um episódio durante o Terror** – Balzac
1042.**A fugitiva** – Anaïs Nin
1043.**As grandes histórias da mitologia greco-romana** – A. S. Franchini
1044.**O corno de si mesmo & outras historietas** – Marquês de Sade
1045.**Da felicidade** *seguido de* **Da vida retirada** – Sêneca
1046.**O horror em Red Hook e outras histórias** – H. P. Lovecraft
1047.**Noite em claro** – Martha Medeiros
1048.**Poemas clássicos chineses** – Li Bai, Du Fu e Wang Wei
1049.**A terceira moça** – Agatha Christie
1050.**Um destino ignorado** – Agatha Christie
1051(26).**Buda** – Sophie Royer
1052.**Guerra Fria** – Robert J. McMahon
1053.**Simons's Cat: as aventuras de um gato travesso e comilão – vol. 1** – Simon Tofield
1054.**Simons's Cat: as aventuras de um gato travesso e comilão – vol. 2** – Simon Tofield
1055.**Só as mulheres e as baratas sobreviverão** – Claudia Tajes
1057.**Pré-história** – Chris Gosden
1058.**Pintou sujeira!** – Mauricio de Sousa
1059.**Contos de Mamãe Gansa** – Charles Perrault

1060.**A interpretação dos sonhos: vol. 1** – Freud
1061.**A interpretação dos sonhos: vol. 2** – Freud
1062.**Frufru Rataplã Dolores** – Dalton Trevisan
1063.**As melhores histórias da mitologia egípcia** – Carmem Seganfredo e A.S. Franchini
1064.**Infância. Adolescência. Juventude** – Tolstói
1065.**As consolações da filosofia** – Alain de Botton
1066.**Diários de Jack Kerouac – 1947-1954**
1067.**Revolução Francesa – vol. 1** – Max Gallo
1068.**Revolução Francesa – vol. 2** – Max Gallo
1069.**O detetive Parker Pyne** – Agatha Christie
1070.**Memórias do esquecimento** – Flávio Tavares
1071.**Drogas** – Leslie Iversen
1072.**Manual de ecologia (vol.2)** – J. Lutzenberger
1073.**Como andar no labirinto** – Affonso Romano de Sant'Anna
1074.**A orquídea e o serial killer** – Juremir Machado da Silva
1075.**Amor nos tempos de fúria** – Lawrence Ferlinghetti
1076.**A aventura do pudim de Natal** – Agatha Christie
1078.**Amores que matam** – Patricia Faur
1079.**Histórias de pescador** – Mauricio de Sousa
1080.**Pedaços de um caderno manchado de vinho** – Bukowski
1081.**A ferro e fogo: tempo de solidão (vol.1)** – Josué Guimarães
1082.**A ferro e fogo: tempo de guerra (vol.2)** – Josué Guimarães
1084(17).**Desembarcando o Alzheimer** – Dr. Fernando Lucchese e Dra. Ana Hartmann
1085.**A maldição do espelho** – Agatha Christie
1086.**Uma breve história da filosofia** – Nigel Warburton
1088.**Heróis da História** – Will Durant
1089.**Concerto campestre** – L. A. de Assis Brasil
1090.**Morte nas nuvens** – Agatha Christie
1092.**Aventura em Bagdá** – Agatha Christie
1093.**O cavalo amarelo** – Agatha Christie
1094.**O método de interpretação dos sonhos** – Freud
1095.**Sonetos de amor e desamor** – Vários
1096.**120 tirinhas do Dilbert** – Scott Adams
1097.**200 fábulas de Esopo**
1098.**O curioso caso de Benjamin Button** – F. Scott Fitzgerald
1099.**Piadas para sempre: uma antologia para morrer de rir** – Visconde da Casa Verde
1100.**Hamlet (Mangá)** – Shakespeare
1101.**A arte da guerra (Mangá)** – Sun Tzu
1104.**As melhores histórias da Bíblia (vol.1)** – A. S. Franchini e Carmen Seganfredo
1105.**As melhores histórias da Bíblia (vol.2)** – A. S. Franchini e Carmen Seganfredo
1106.**Psicologia das massas e análise do eu** – Freud
1107.**Guerra Civil Espanhola** – Helen Graham
1108.**A autoestrada do sul e outras histórias** – Julio Cortázar
1109.**O mistério dos sete relógios** – Agatha Christie
1110.**Peanuts: Ninguém gosta de mim... (amor)** – Charles Schulz
1111.**Cadê o bolo?** – Mauricio de Sousa
1112.**O filósofo ignorante** – Voltaire
1113.**Totem e tabu** – Freud
1114.**Filosofia pré-socrática** – Catherine Osborne
1115.**Desejo de status** – Alain de Botton
1118.**Passageiro para Frankfurt** – Agatha Christie
1120.**Kill All Enemies** – Melvin Burgess
1121.**A morte da sra. McGinty** – Agatha Christie
1122.**Revolução Russa** – S. A. Smith
1123.**Até você, Capitu?** – Dalton Trevisan
1124.**O grande Gatsby (Mangá)** – F. S. Fitzgerald
1125.**Assim falou Zaratustra (Mangá)** – Nietzsche
1126. **Peanuts: É para isso que servem os amigos (amizade)** – Charles Schulz
1127(27).**Nietzsche** – Dorian Astor
1128.**Bidu: Hora do banho** – Mauricio de Sousa
1129.**O melhor do Macanudo Taurino** – Santiago
1130.**Radicci 30 anos** – Iotti
1131.**Show de sabores** – J.A. Pinheiro Machado
1132.**O prazer das palavras** – vol. 3 – Cláudio Moreno
1133.**Morte na praia** – Agatha Christie
1134.**O fardo** – Agatha Christie
1135.**Manifesto do Partido Comunista (Mangá)** – Marx & Engels
1136.**A metamorfose (Mangá)** – Franz Kafka
1137.**Por que você não se casou... ainda** – Tracy McMillan
1138.**Textos autobiográficos** – Bukowski
1139.**A importância de ser prudente** – Oscar Wilde
1140.**Sobre a vontade na natureza** – Arthur Schopenhauer
1141.**Dilbert (8)** – Scott Adams
1142.**Entre dois amores** – Agatha Christie
1143.**Cipreste triste** – Agatha Christie
1144.**Alguém viu uma assombração?** – Mauricio de Sousa
1145.**Mandela** – Elleke Boehmer
1146.**Retrato do artista quando jovem** – James Joyce
1147.**Zadig ou o destino** – Voltaire
1148.**O contrato social (Mangá)** – J.-J. Rousseau
1149.**Garfield fenomenal** – Jim Davis
1150.**A queda da América** – Allen Ginsberg
1151.**Música na noite & outros ensaios** – Aldous Huxley
1152.**Poesias inéditas & Poemas dramáticos** – Fernando Pessoa
1153.**Peanuts: Felicidade é...** – Charles M. Schulz
1154.**Mate-me por favor** – Legs McNeil e Gillian McCain
1155.**Assassinato no Expresso Oriente** – Agatha Christie
1156.**Um punhado de centeio** – Agatha Christie
1157.**A interpretação dos sonhos (Mangá)** – Freud
1158.**Peanuts: Você não entende o sentido da vida** – Charles M. Schulz
1159.**A dinastia Rothschild** – Herbert R. Lottman
1160.**A Mansão Hollow** – Agatha Christie
1161.**Nas montanhas da loucura** – H.P. Lovecraft
1162(28).**Napoleão Bonaparte** – Pascale Fautrier
1163.**Um corpo na biblioteca** – Agatha Christie
1164.**Inovação** – Mark Dodgson e David Gann
1165.**O que toda mulher deve saber sobre os homens: a afetividade masculina** – Walter Riso
1166.**O amor está no ar** – Mauricio de Sousa
1167.**Testemunha de acusação & outras histórias** – Agatha Christie
1168.**Etiqueta de bolso** – Celia Ribeiro
1169.**Poesia reunida (volume 3)** – Affonso Romano de Sant'Anna

1170.**Emma** – Jane Austen
1171.**Que seja em segredo** – Ana Miranda
1172.**Garfield sem apetite** – Jim Davis
1173.**Garfield: Foi mal...** – Jim Davis
1174.**Os irmãos Karamázov (Mangá)** – Dostoiévski
1175.**O Pequeno Príncipe** – Antoine de Saint-Exupéry
1176.**Peanuts: Ninguém mais tem o espírito aventureiro** – Charles M. Schulz
1177.**Assim falou Zaratustra** – Nietzsche
1178.**Morte no Nilo** – Agatha Christie
1179.**Ê, soneca boa** – Mauricio de Sousa
1180.**Garfield a todo o vapor** – Jim Davis
1181.**Em busca do tempo perdido (Mangá)** – Proust
1182.**Cai o pano: o último caso de Poirot** – Agatha Christie
1183.**Livro para colorir e relaxar** – Livro 1
1184.**Para colorir sem parar**
1185.**Os elefantes não esquecem** – Agatha Christie
1186.**Teoria da relatividade** – Albert Einstein
1187.**Compêndio da psicanálise** – Freud
1188.**Visões de Gerard** – Jack Kerouac
1189.**Fim de verão** – Mohiro Kitoh
1190.**Procurando diversão** – Mauricio de Sousa
1191.**E não sobrou nenhum e outras peças** – Agatha Christie
1192.**Ansiedade** – Daniel Freeman & Jason Freeman
1193.**Garfield: pausa para o almoço** – Jim Davis
1194.**Contos do dia e da noite** – Guy de Maupassant
1195.**O melhor de Hagar 7** – Dik Browne
1196(29).**Lou Andreas-Salomé** – Dorian Astor
1197(30).**Pasolini** – René de Ceccatty
1198.**O caso do Hotel Bertram** – Agatha Christie
1199.**Crônicas de motel** – Sam Shepard
1200.**Pequena filosofia da paz interior** – Catherine Rambert
1201.**Os sertões** – Euclides da Cunha
1202.**Treze à mesa** – Agatha Christie
1203.**Bíblia** – John Riches
1204.**Anjos** – David Albert Jones
1205.**As tirinhas do Guri de Uruguaiana 1** – Jair Kobe
1206.**Entre aspas (vol.1)** – Fernando Eichenberg
1207.**Escrita** – Andrew Robinson
1208.**O spleen de Paris: pequenos poemas em prosa** – Charles Baudelaire
1209.**Satíricon** – Petrônio
1210.**O avarento** – Molière
1211.**Queimando na água, afogando-se na chama** – Bukowski
1212.**Miscelânea septuagenária: contos e poemas** – Bukowski
1213.**Que filosofar é aprender a morrer e outros ensaios** – Montaigne
1214.**Da amizade e outros ensaios** – Montaigne
1215.**O medo à espreita e outras histórias** – H.P. Lovecraft
1216.**A obra de arte na era de sua reprodutibilidade técnica** – Walter Benjamin
1217.**Sobre a liberdade** – John Stuart Mill
1218.**O segredo de Chimneys** – Agatha Christie
1219.**Morte na rua Hickory** – Agatha Christie
1220.**Ulisses (Mangá)** – James Joyce
1221.**Ateísmo** – Julian Baggini
1222.**Os melhores contos de Katherine Mansfield** – Katherine Mansfield
1223(31).**Martin Luther King** – Alain Foix
1224.**Millôr Definitivo: uma antologia de *A Bíblia do Caos*** – Millôr Fernandes
1225.**O Clube das Terças-Feiras e outras histórias** – Agatha Christie
1226.**Por que sou tão sábio** – Nietzsche
1227.**Sobre a mentira** – Platão
1228.**Sobre a leitura** *seguido do* **Depoimento de Céleste Albaret** – Proust
1229.**O homem do terno marrom** – Agatha Christie
1230(32).**Jimi Hendrix** – Franck Médioni
1231.**Amor e amizade e outras histórias** – Jane Austen
1232.**Lady Susan, Os Watson e Sanditon** – Jane Austen
1233.**Uma breve história da ciência** – William Bynum
1234.**Macunaíma: o herói sem nenhum caráter** – Mário de Andrade
1235.**A máquina do tempo** – H.G. Wells
1236.**O homem invisível** – H.G. Wells
1237.**Os 36 estratagemas: manual secreto da arte da guerra** – Anônimo
1238.**A mina de ouro e outras histórias** – Agatha Christie
1239.**Pic** – Jack Kerouac
1240.**O habitante da escuridão e outros contos** – H.P. Lovecraft
1241.**O chamado de Cthulhu e outros contos** – H.P. Lovecraft
1242.**O melhor de Meu reino por um cavalo!** – Edição de Ivan Pinheiro Machado
1243.**A guerra dos mundos** – H.G. Wells
1244.**O caso da criada perfeita e outras histórias** – Agatha Christie
1245.**Morte por afogamento e outras histórias** – Agatha Christie
1246.**Assassinato no Comitê Central** – Manuel Vázquez Montalbán
1247.**O papai é pop** – Marcos Piangers
1248.**O papai é pop 2** – Marcos Piangers
1249.**A mamãe é rock** – Ana Cardoso
1250.**Paris boêmia** – Dan Franck
1251.**Paris libertária** – Dan Franck
1252.**Paris ocupada** – Dan Franck
1253.**Uma anedota infame** – Dostoiévski
1254.**O último dia de um condenado** – Victor Hugo
1255.**Nem só de caviar vive o homem** – J.M. Simmel
1256.**Amanhã é outro dia** – J.M. Simmel
1257.**Mulherzinhas** – Louisa May Alcott
1258.**Reforma Protestante** – Peter Marshall
1259.**História econômica global** – Robert C. Allen
1260(33).**Che Guevara** – Alain Foix
1261.**Câncer** – Nicholas James
1262.**Akhenaton** – Agatha Christie
1263.**Aforismos para a sabedoria de vida** – Arthur Schopenhauer
1264.**Uma história do mundo** – David Coimbra
1265.**Ame e não sofra** – Walter Riso
1266.**Desapegue-se!** – Walter Riso

1267.**Os Sousa: Uma famíla do barulho** – Mauricio de Sousa
1268.**Nico Demo: O rei da travessura** – Mauricio de Sousa
1269.**Testemunha de acusação e outras peças** – Agatha Christie
1270(34).**Dostoiévski** – Virgil Tanase
1271.**O melhor de Hagar 8** – Dik Browne
1272.**O melhor de Hagar 9** – Dik Browne
1273.**O melhor de Hagar 10** – Dik e Chris Browne
1274.**Considerações sobre o governo representativo** – John Stuart Mill
1275.**O homem Moisés e a religião monoteísta** – Freud
1276.**Inibição, sintoma e medo** – Freud
1277.**Além do princípio de prazer** – Freud
1278.**O direito de dizer não!** – Walter Riso
1279.**A arte de ser flexível** – Walter Riso
1280.**Casados e descasados** – August Strindberg
1281.**Da Terra à Lua** – Júlio Verne
1282.**Minhas galerias e meus pintores** – Kahnweiler
1283.**A arte do romance** – Virginia Woolf
1284.**Teatro completo v. 1: As aves da noite** ***seguido de*** **O visitante** – Hilda Hilst
1285.**Teatro completo v. 2: O verdugo** ***seguido de*** **A morte do patriarca** – Hilda Hilst
1286.**Teatro completo v. 3: O rato no muro** ***seguido de*** **Auto da barca de Camiri** – Hilda Hilst
1287.**Teatro completo v. 4: A empresa** ***seguido de*** **O novo sistema** – Hilda Hilst
1289.**Fora de mim** – Martha Medeiros
1290.**Divã** – Martha Medeiros
1291.**Sobre a genealogia da moral: um escrito polêmico** – Nietzsche
1292.**A consciência de Zeno** – Italo Svevo
1293.**Células-tronco** – Jonathan Slack
1294.**O fim do ciúme e outros contos** – Proust
1295.**A jangada** – Júlio Verne
1296.**A ilha do dr. Moreau** – H.G. Wells
1297.**Ninho de fidalgos** – Ivan Turguêniev
1298.**Jane Eyre** – Charlotte Brontë
1299.**Sobre gatos** – Bukowski
1300.**Sobre o amor** – Bukowski
1301.**Escrever para não enlouquecer** – Bukowski
1302.**222 receitas** – J. A. Pinheiro Machado
1303.**Reinações de Narizinho** – Monteiro Lobato
1304.**O Saci** – Monteiro Lobato
1305.**Memórias da Emília** – Monteiro Lobato
1306.**O Picapau Amarelo** – Monteiro Lobato
1307.**A reforma da Natureza** – Monteiro Lobato
1308.**Fábulas** ***seguido de*** **Histórias diversas** – Monteiro Lobato
1309.**Aventuras de Hans Staden** – Monteiro Lobato
1310.**Peter Pan** – Monteiro Lobato
1311.**Dom Quixote das crianças** – Monteiro Lobato
1312.**O Minotauro** – Monteiro Lobato
1313.**Um quarto só seu** – Virginia Woolf
1314.**Sonetos** – Shakespeare
1315(35).**Thoreau** – Marie Berthoumieu e Laura El Makki
1316.**Teoria da arte** – Cynthia Freeland
1317.**A arte da prudência** – Baltasar Gracián
1318.**O louco** ***seguido de*** **Areia e espuma** – Khalil Gibran
1319.**O profeta** ***seguido de*** **O jardim do profeta** – Khalil Gibran
1320.**Jesus, o Filho do Homem** – Khalil Gibran
1321.**A luta** – Norman Mailer
1322.**Sobre o sofrimento do mundo e outros ensaios** – Schopenhauer
1323.**Epidemiologia** – Rodolfo Sacacci
1324.**Japão moderno** – Christopher Goto-Jones
1325.**A arte da meditação** – Matthieu Ricard
1326.**O adversário secreto** – Agatha Christie
1327.**Pollyanna** – Eleanor H. Porter
1328.**Espelhos** – Eduardo Galeano
1329.**A Vênus das peles** – Sacher-Masoch
1330.**O 18 de brumário de Luís Bonaparte** – Karl Marx
1331.**Um jogo para os vivos** – Patricia Highsmith
1332.**A tristeza pode esperar** – J.J. Camargo
1333.**Vinte poemas de amor e uma canção desesperada** – Pablo Neruda
1334.**Judaísmo** – Norman Solomon
1335.**Esquizofrenia** – Christopher Frith & Eve Johnstone
1336.**Seis personagens em busca de um autor** – Luigi Pirandello
1337.**A Fazenda dos Animais** – George Orwell
1338.**1984** – George Orwell
1339.**Ubu Rei** – Alfred Jarry
1340.**Sobre bêbados e bebidas** – Bukowski
1341.**Tempestade para os vivos e para os mortos** – Bukowski
1342.**Complicado** – Natsume Ono
1343.**Sobre o livre-arbítrio** – Schopenhauer
1344.**Uma breve história da literatura** – John Sutherland
1345.**Você fica tão sozinho às vezes que até faz sentido** – Bukowski
1346.**Um apartamento em Paris** – Guillaume Musso
1347.**Receitas fáceis e saborosas** – José Antonio Pinheiro Machado
1348.**Por que engordamos** – Gary Taubes
1349.**A fabulosa história do hospital** – Jean-Noël Fabiani
1350.**Voo noturno** ***seguido de*** **Terra dos homens** – Antoine de Saint-Exupéry
1351.**Doutor Sax** – Jack Kerouac
1352.**O livro do Tao e da virtude** – Lao-Tsé
1353.**Pista negra** – Antonio Manzini
1354.**A chave de vidro** – Dashiell Hammett
1355.**Martin Eden** – Jack London
1356.**Já te disse adeus, e agora, como te esqueço?** – Walter Riso
1357.**A viagem do descobrimento** – Eduardo Bueno
1358.**Náufragos, traficantes e degredados** – Eduardo Bueno
1359.**Retrato do Brasil** – Paulo Prado
1360.**Maravilhosamente imperfeito, escandalosamente feliz** – Walter Riso
1361.**É...** – Millôr Fernandes
1362.**Duas tábuas e uma paixão** – Millôr Fernandes
1363.**Selma e Sinatra** – Martha Medeiros
1364.**Tudo que eu queria te dizer** – Martha Medeiros
1365.**Várias histórias** – Machado de Assis

IMPRESSÃO:

PALLOTTI
GRÁFICA

Santa Maria - RS | Fone: (55) 3220.4500
www.graficapallotti.com.br